가로미와
늘메이야기

# 가로미와 늘메이야기

허수경 장편동화

박성수 그림

ㄴㄴ>ᄃᄂ

# 차례

자네, 마음병이라는 거 아는가?

영산에는 얼굴이 있다……고 생각했고 그때마다 만수는 행복했다. 계절마다 그 얼굴을 잘 살펴보는 일은 즐거웠고 만수는 그때마다 또 행복했다. 으음, 나는 산밑에서 농사짓는 행복한 일꾼이지, 그렇게 생각할 때마다 산은 내 덕분에 행복할 거라고 만수는 믿었고 또 행복했다. 그 얼굴은, 그러니까 산의 얼굴은 지금은 잘 말할 수 없지만, 이다음에 이다음에 또 이다음에 늙어 편안해지면 착한 아이들에게 잘 이야기해줄 수 있으리라 만수는 믿었고 행복했다. 행복했었으나……

"늘메야…… 늘메야."

만수는 아기 이름을 크게 불러보았다. 늘메, 늘메, 느을
메, 산이 혼자서 길게 대답했다. 그 소리에 진박새, 쇠박새,
물까치들이 저녁노을을 향해 후드득 날아올랐다.

벌써 한 달째였다. 그러나 아기는 아무리 산을 뒤져도 없
었다. 만수는 한 달 사이에 산에는 얼굴이 없다고 생각하게
되었다. 그것은 무서운 생각이었다.

만수는 나무등치께에 지친 몸을 기대어 앉았다. 만수의
순한 눈에 마음 가장 아래쪽에서 흘러나온 눈물이 맺혔다.
지난 한 달 동안 갑자기 일어났던 일들이 도무지 믿어지지
가 않았다. 그 일들은 아마도 꿈 저편에서 일어난 것이리라.
아마도 그랬으면 좋았으리라. 그러나……

"형님…… 사라져버렸어요, 애기가…… 아무리 찾아두
요. 왜…… 우리에게 이런 일들이…… 일어났는지 아무
리…… 아무리 생각해도 모르겠어요."

산은 어느 품에 아기를 안고 있을까. 왜 그 안에 숨겨놓고
아기를 보여주지 않을까.

"형님, 야속한 우리 형님. 제가 언젠가 산에 큰 죄를 지었

나봐요. 저도 모르는 사이에요. 그래서 산이 아기를 꽁꽁 숨겨놓았나봐요. 죄지은 제 눈에 보이지 않게 하려구요. 형님, 야속한 우리 형님. 어떻게 남은 우리들이 다 짊어지고 살라고……."

"어떡하겠나, 생긴 일을. 자네는 남은 사람으로서 할 일을 다 해야지. 오늘까지만 둘이서 찾고 자네는 내일 병원으로 가보게나. 가로미 생각도 해야지. 어린놈이 부모 잃은 줄도 모르고 병원에 혼자 있을 텐데."

언제 왔는지 고운 영감이 만수의 어깨를 토닥거리며 말했다.


가로미 식구의 교통사고로 산에서 약초를 캐며 초막에서 살던 고운 영감이 만수를 찾아왔다. 가로미 할아버지와 고운 영감은 아주 오래된 친구였다. 만수는 형과 자신의 어린 날 거문고를 가르쳐주던 고운 영감을 일찍 여읜 아버지 보듯 믿고 의지해왔다.

지방 도로에서 경운기를 피하려던 자동차가 마주 오던 트럭과 충돌하여 일어난 교통사고는 가로미 아버지와 어머니의 목숨을 앗아갔고 가로미를 심하게 다치게 했다. 그리고 사고가 일어난 곳으로 사람들이 몰려갔을 때 사람들은 태어난 지 사 개월 된 늘메가 없어진 것을 알았다.

고운 영감은 만수를 데리고 초막으로 올라갔다. 만수는 털 빠진 부소처럼 어깨를 구부정하게 하고는 꿈뻑꿈뻑 고운 영감을 따라 초막 쪽을 향해 무거운 발을 모래밭에서 빼내듯 옮겼다.

초막으로 올라가던 고운 영감은 언제나 따라다니던 지킴이 매가 며칠째 보이지 않더니 돌아와 초막 앞 소나무 위에 앉아 있는 것을 보았다. 하늘은 이미 붉은 보랏빛 저녁 구름을 품에 잘 말아다가 어디 깊은 가슴에 잘 안겨두고 잘 닦은 밤별들을 청청하게 박아넣고 있었다. 파르르한 별빛, 그 가느다랗고 애달픈 빛을 지킴이 매는 머리 깃털에 모으고 있는 양 어둠 속에서도 곧게 서 있었다.

고운 영감이 매를 향해 손짓을 했다. 매는 날개를 천천히 펼치더니 둥근 춤을 추듯 펄럭거리며 고운 영감에게로 다가와 어깨 위에 앉았다.

"그동안 어딜 다니시다가 왔는가? 나도 정신없이 지냈

다네."

고운 영감이 오래된 동무에게 말하듯 공손하고 정답게 말을 걸자 매는 부리를 날갯죽지에 파묻고 편안한 집에 찾아온 듯 눈을 감았다. 보통 산에 사는 매보다 두 배쯤은 커 보이는 이 매는 순한 갈빛의 깃털에 초봄 눈 같은 하얀 점이 드문드문 있어 어둠 속에서 유독 희었다.

"매…… 선생님, 매하고 그동안 친구하고 지내셨습니까?"

만수가 눈이 휘둥그레져서 묻자 고운 영감이 환하게 웃었다.

"내 약초 캐면서 산에서만 산 지 이십여 년일세. 산이란 어떤 날은 견딜 수 없이 외로운 곳이거든. 그러니 매라도 친구할밖에. 이 매가 내 거문고 연주를 들어주는 유일한 친구지."

고운 영감이 목덜미를 부드럽게 만져주자 매는 더 깊이 부리를 날갯죽지에 파묻었다.

"이 산을 지키는 지킴이일세, 이 매가. 우리는 다 지킴이라고 부른다네. 모르지, 나보다 더 오래 이 산에서 산 아주 신비한 산신령일지도……"

다음날 만수가 새벽녘 애기먼동 틀 무렵 산을 내려가자 고운 영감은 다시 아기를 찾기 위해 길을 나섰다.

"오늘은 바위산, 자네 둥지 있는 곳으로 가려고 하네만 허락하시겠는가. 자네가 돌아오면 가보려고 그곳만 남겨두었다네."

이 산의 가장 험난한 곳인 바위산은 오래전부터 사람들 사이에서 함부로 올라가는 곳이 아닌 데로 익히 알려져 있었다. 험하기도 험해서 그랬을 터이지만 산을 자주 올라가는 산사람들에게 그곳은 산에서 험한 일을 만날 때 자신을 지켜준다는 신령한 매가 사는 곳이어서도 그랬다. 사람들은 지킴이를 사랑했다. 이 산을 사랑하는 사람일수록 지킴이가 그들의 자랑거리임을 인정했다. 지킴이의 둥지는 바위산에서도 제일 높은 바위인 하늘바위에 있었다.

지킴이가 큰 소리를 한번 내고는 고요하게 하늘로 솟아올라 바위산 하늘바위 쪽으로 날아가자 고운 영감도 지킴이 매가 날아간 쪽으로 걸었다. 산에서 산 지 이십여 년이 넘는 고운 영감에게도 하늘바위는 무척 오르기 힘든 곳이었다. 일 년에 한 번, 지킴이가 둥지를 새로 지을 때 고운 영감은 새집을 축하하기 위해서 거문고를 들고 하늘바위까지 찾아가곤 했다.

하늘바위가 가까워질수록 이빨 사나운 바람이 불어왔다. 좀처럼 눈을 뜰 수 없는 고운 영감 위로 지킴이는 재촉이라도 하는 듯 그의 머리 위에서 뱅뱅 돌며 급한 울음소리를 냈다.

"늙은이 걸음인 걸 어쩌겠나. 너무 재촉하지 마시게나 내부지런히 올라갈 터이니."

지킴이가 먼저 올라가지 않고 자꾸만 주위를 맴돌자 고운 영감은 이상한 느낌이 들었다. 며칠 전부터 지킴이가 보이지 않던 것도 불쑥 다시 나타난 것도 실은 이상한 일이었다.

"자네, 무슨 일이 생기셨는가. 왜 이리 서두르시는가."

지킴이는 그 말의 대답이기라도 하듯 계속 큰 울음소리를 냈다. 고운 영감은 혹시, 하는 마음이 들었다. 지킴이가 늘메를 발견한 건 아닌가, 혹시.

고운 영감은 세찬 바람 사이에서 귀를 기울이기 위해 발걸음을 멈추어보았다. 바람은 수많은 갈기를 다 풀고 어지러운 머리칼로 휘감아왔다.

"늘메다!"

고운 영감은 하마터면 소리를 지를 뻔했다. 그 바람의 머리칼 사이로 희미하게 아기 울음소리가 들렸던 것이다.

지킴이는 공중에서 큰 울음소리로 우우거리며 날개를 퍼덕여댔다. 고운 영감은 소리가 나는 하늘바위를 향해서 급하게 걸음을 옮겼다.


만수와 초의 영감은 가로미를 담당하는 의사 선생님을 만나고 병원 뜰로 나왔다. 만수는 가슴이 답답해서 견딜 수가 없었다.

"아니, 이제 다 멀쩡해졌다면서 걸을 수가 없다는 건 무슨 얘긴지 모르겠어요."

초의 영감이 쌈지에서 담뱃가루를 꺼낸 뒤 곰방대에 채워 넣고는 불을 붙여 길게 한 모금 들이켰다.

"자네, 마음병이라는 거 아는가?"

"마음병요?"

"마음에 큰 아픔이 있어서 몸에 생기는 병. 마음의 아픔은 저절로 나아야지 그때까지 우리들이 참고 기다릴 수밖에 없어."

만수는 고개를 수그렸다.

"영감님, 저는 무서워요. 저같이 부족한 사람이 이걸 어떻게 다 짊어지고 나갈지⋯⋯"

"하나가 닫히면 하나가 열리게 되어 있다네. 이렇게 큰 아픔이 생겼으니 이걸 이겨나갈 방법도 곧 생기겠지."

초의 영감이 피워올리는 담배 연기가 길게 하늘로 올라갔다. 초의 영감은 스물일곱에 걸을 수 없는 조카를 데리고 살아야 하는 짐이 무거운 만수를 안쓰럽게 내려다보다가 코끝이 찡해져 짐짓 코를 탱 풀었다. 만수는 고개를 수그리고 묵묵히 땅만 내려다보는데 덩치 큰 곰처럼 연신 어깨를 실룩댔다.

초의 영감은 담배를 한 모금 더 하려고 곰방대를 입으로 가져가려다 문득 멈췄다. 저만치서 고운 영감이 병원 문을 들어서고 있는 게 보였다. 초의 영감이 만수의 어깨를 툭툭 쳤다. 만수는 깜짝 놀라 두리번거리다 저만치서 오고 있는 고운 영감을 알아보았다.

"선생님, 늘메, 늘메는……"

만수는 다급하게 늘메를 찾았는지를 물어보다가 입을 다물었다. 고운 영감의 얼굴이 그리 밝아 보이지 않았다. 만수는 몸에 힘이 빠져 그 자리에 털썩 주저앉아버렸다.

"자, 이거."

고운 영감이 주저앉아 있는 만수에게 무언가를 내밀었다.

"이거, 칡술일세. 우리 셋이서 어디 가 한잔하세나."

만수는 어리둥절해진 채 고운 영감을 바라보았다. 난데없이 웬 술인가 하는 얼굴이었다.

"오늘 긴히 할 의논이 있어서 담가놓은 술을 가져왔네."


만수는 밤이 이슥해서야 병원으로 돌아왔다. 혼자였다. 병실 문 앞에서 한참을 우두커니 앉아 있던 만수는 병실로 들어갔다. 병실 안에 가로미 혼자 동그마니 잠들어 있었다. 만수는 침대 끝자락에 걸터앉아 잠든 가로미를 한참 들여다보다가 기어이 눈물을 후드득 떨어뜨리고 말았다. 가로미의 얼굴은 너무나 작고 동그마했다. 이마께에 링거가 꽂혀 있던 가로미 얼굴을 한참 들여다보던 만수는 혼잣말처럼 중얼거렸다. 그 목소리는 잘 드는 칼에 깊이 살을 베인 것처럼 아팠다.

"가로미야, 늘메는 산에서 찾았대. 그런데 그런데 말이다, 지금은 데려올 수가 없대. 왜냐하면……"

만수는 침을 한번 깊게 삼켰다.

"너희 마음의 아픔이 너무 커서 잘 다독거리지 않으면 큰 병이 생긴대…… 그래서 그 아픔을 치료하는 데는 떨어져 있는 시간이 필요하대. 기다렸다가 만나야 한대…… 늘메는 고운 선생님이 맡아서 키운대. 삼촌은 말이다, 이게 너희 남매를 위해서 좋을지 어떨지 잘 모르겠지만…… 그래도 어르신들이 그게 좋겠다고 하시니……"

가로미가 흉한 꿈을 꾸는지 얼굴을 찡그렸다. 만수는 찡그린 가로미의 얼굴을 부드럽게 쓰다듬으며 이마께에 맺힌 땀을 손으로 훔쳐냈다. 그러다 이내 울음을 터뜨렸다.

"가로미야, 미안하다. 너희들 앞일을 너희에게 물어보지도 않고 어른들 생각대로 결정해버려서. 삼촌은 너무 무섭고 두렵다. 그리고 정말 너무 미안하다."

그날 밤 만수는 가로미 곁에서 오래오래 울었다. 마치 내일부터는 퍼낼 눈물이 없어서라도 못 울 것처럼, 두려움과 서러움으로 울고 또 울었다.

# 너희들은 자매야

겨울 끝머리의 여우눈은 햇살이 차가운 마음을 거두어내
는 것처럼 희고 부시게 내렸다. 아침부터 내리는 여우눈을
보기 위해 고운 영감은 방문을 열어놓고 있었다. 울타리 위
에는 반짝이는 눈이 보일 듯 말 듯 잠든 아기 볼웃음처럼
덮여 있었다. 연한 햇살 같은 눈을 한참이나 들여다보다가
고운 영감은 붓과 벼루를 꺼냈다.

　"봄맞이 준비나 해볼거나."

　고운 영감은 먹을 갈고는 종이를 펼쳤다. 잠시 후 종이 위
에 잔이파리를 순하게 단 냉이가 피어났다. 고운 영감은 한

이파리, 한 이파리 정성스럽게 그려내는데 붓이 지나간 자리마다 냉이 이파리는 갓 태어난 것처럼 여렸다.

해마다 초봄 무렵이면 고운 영감은 냉이를 그렸다. 여름에는 둥굴레꽃을, 가을에는 산구절초나 마타리꽃을, 겨울에는 배풍등이나 인동덩굴을 그렸다. 계절마다 피는 잎이나 꽃을 그리는 것은 설레는 일이었고, 특히 봄에 냉이를 그리는 일은 올 한 해 산 섶섶이 고운 잎이나 풀이나 꽃이 자기 마음먹은 대로 피어 무성하기를 바라는 간절함에서 비롯한 것이기도 했다.

고운 영감은 얼마 후 완성한 그 진하디진한 냉이 향을 보듬고 있는 그림을 살펴보며 함박웃음을 지었다.

"올봄에는 산에서 내려가야 하니까 예서 냉이 그리는 일은 당분간 못하겠군."

고운 영감은 먹을 말리기 위해 냉이 그림을 마루 위에 펼쳐놓고는 먼산바라기를 했다.

"애들이 올 시간이 되었는데…… 허긴 그동안 든 정이 오죽하겠나. 길고 깊은 이별이니 길어지기도 하겠지."

아직 초봄의 여우눈이 내리고 있었다. 가까운 산의 눈은

녹고 있는데 그 위로 여우눈은 녹으면서 쌓여갔다. 울타리
너머에서 사람 발소리가 들렸다. 고운 영감은 늘메라고 생
각했다. 그러나 울타리를 지나 문 앞에 서 있는 이는 낯선
사람이었다. 고운 영감은 가느다랗게 실눈을 떴다. 이 산 깊
은 곳에 누가……

"선생님, 저를 기억 못하시겠습니까?"

그렇게 말하자마자 그 사람은 쓰러져버렸다. 고운 영감이
다급하게 뛰어나갔다. 문 앞에 다리와 팔에 피를 흘린 채 한
남자가 쓰러져 있었다.


"엄마……"

늘메는 지킴이의 날갯죽지에 머리를 파묻었다. 지킴이가
날개를 펼쳐 늘메의 어깨를 감싸안았다.

"늘메…… 우리 매의 딸……"

바위산 하늘바위에도 반짝이며 여우눈이 내리고 있었다.

"언제든지 산에 오면 우리는 다시 만난다, 늘메야."

지킴이가 부드럽게 늘메의 목덜미를 쪼아주었다.

"엄마는 알아? 왜 고운 할아버지가 산에서 내려가자고 하

는지?"

늘메가 고개를 들고 지킴이를 쳐다보았다.

"늘메야, 할아버지 그 말씀이 맞을 거야. 넌 매의 딸이기
도 하지만 또 사람의 딸이야. 산밑으로 내려가 사람들을 만
나야 해."

늘메는 지킴이의 품을 빠져나와 하늘바위 밑을 내려다보
았다. 산밑, 사람들의 마을…… 그 마을은 두꺼운 구름에
가려 잘 보이지 않았다.

"산에 있어도 사람들 만나잖아. 뱀 잡는 아저씨들, 삼 캐
는 아저씨들, 벌 키우는 아저씨들, 또……"

"무섭구나. 산에서 내려가는 거."

잠자코 늘메는 고개를 끄덕였다.

"왜?"

"몰라, 나도 잘 몰라."

늘메가 지킴이의 품에 와락 안겼다.

"산밑에서 무서운 일이 있었어. 산밑에는 바퀴가 많아. 무
서운 일이 있었어, 무서운 일이……"

지킴이는 늘메를 하늘바위로 데려오던 날을 떠올렸다.

고갯마루에 있던 작은 자동차 도로에서 얼마쯤 떨어진 산길 한구석에서 지킴이가 늘메를 발견했을 때 늑대 두 마리가 늘메를 향해 사나운 이빨을 들이대고 있었다. 지킴이는 자동차 도로에서 큰 사고가 난 것을 보고 산으로 들어오던 참이었다.

　늘메는 두 손을 꼭 쥔 채 새파랗게 질려 울고 있었고 늑대는 늘메의 얼굴을 향해 앞발을 들이댄 상황이었다. 지킴이는 날개를 쫙 펼친 채 두 다리를 뻗어 아래로 내려가 날카로운 발톱으로 잽싸게 늑대의 목덜미를 거머쥐었다. 목덜미를 찍힌 늑대가 꼬리를 내리고 물러나자 남은 한 늑대가 지킴이의 날개를 향해 앞발을 들어올렸다. 지킴이는 늑대의 앞발을 구리처럼 억센 부리로 물어 길옆으로 던져버리고 아기에게로 다가갔다. 늘메는 계속 새파랗게 울어댔고 하늘바위에 와서도 그 울음을 그치지 않았다.

　지킴이가 고운 영감을 데리고 하늘바위까지 왔을 때도 늘메의 울음은 계속되고 있었다. 늘메를 데리고 가기 위해 고운 영감이 손을 뻗자 늘메는 새파랗게 울다못해 아예 정신을 잃었고 깨어나서도 숨가쁜 딸꾹질을 계속 해댔다.

지킴이는 아기가 불쌍해서 견딜 수가 없었다. 아가야, 아가야, 제발 제발. 지킴이는 제 날개를 고요하게 폈다가 아기를 향해 둥그렇게 오므리길 반복했다. 제발, 아가야, 울음을 그치고, 딸꾹질을 그치고, 무서움을 거두고, 여기서 여기서, 쉬어라 쉬어라. 지킴이는 눈물을 글썽거리며 그렇게 은하수같이 고요히, 샘물처럼 고요히 있었다. 얼마 후 늘메는 잠이 들었다.

그 모습을 지켜보던 고운 영감이 확신이 선 듯 말했다.

"여보게, 저 아이 앞길은 자네가 맡아야 하나보네."


늘메를 안고 있던 지킴이가 하늘바위 위에 올라앉아 산밑을 내려다보고 있던 산지니에게 내려오라고 눈짓을 했다. 산지니는 곧 날개를 펼치고 날아올라 공중돌기를 하더니 아래로 내려왔다. 산지니도 엄마인 지킴이를 꼭 닮아 갈빛의 깃털에 눈부신 하얀 점이 박혀 있는 날개를 가진 매였다. 지킴이는 둘을 꼭 껴안았다.

"너희들은 자매야. 늘메는 사람이고 산지니 너는 매지만 늘메가 하늘바위로 왔을 때부터 너희들은 자매가 된 거야."

지킴이는 한참을 그렇게 둘을 꼭 안고 있다가 날개를 거두었다.

"산지니야, 너는 늘메를 잘 돌봐줘야 한다. 함께 내려가서 사람으로 살면서 어려운 일이 일거든 하늘바위 위로 올라와야 한다. 그리고 산지니야, 네가 사람으로 살 수 있는 날은 꼭 삼백 날이다. 삼백 날이 지나면 다시 산으로 돌아와 매로 살아야 한다. 사람의 남자를 너무 다정하게 쳐다보지 마라. 그 마음이 너무 다정해지면 너에게 아주 어려운 일이 생길 거란다."

산지니는 슬프고도 들뜬 눈으로 엄마인 지킴이를 바라보았다. 곧 맞이할 헤어짐과 사람 세상에 대한 호기심으로 산지니의 눈은 그렁그렁했다.

"늘메야, 너는 꼭 산을 내려가야 하고 거기서 네 오빠를 만나야 해. 모든 일이 다 풀리고 난 뒤에도 산이 그리우면 그때서야 너는 진짜 산을 만나게 될 거다. 자, 가라."

늘메와 산지니는 몇 번을 뒤돌아보면서 하늘바위를 내려갔다. 지킴이는 둘을 오래, 아주 오래 바라보아 어느새 늘메와 산지니가 마음속 깊이 흐르는 은하수가 된 것도 같았다.

지킴이는 텅 빈 마음을 떨치기라도 하는 것처럼 하늘로 높이 솟아 올라갔다.

　"선생님, 제 가방, 제가 들고 온 거."

　중년 남자는 정신이 들자마자 가방부터 찾았다. 고운 영감은 윗목에 얌전히 놓인 가방을 가리켰다. 가방을 보자 남자는 한숨을 휴 하고 내리쉬었다.

　"죄송합니다, 선생님. 십여 년 만에 뵙는 길인데 이런 꼴로 찾아와서."

　"정말 자네가 웬일인가. 또 이게 무슨 꼴이고."

　고운 영감은 마음이 편치 않았다. 십여 년 만에 옛 제자를 본 것은 반가운 일이었으나 심상치 않은 일이 일어난 것을 짐작할 수 있었다.

　"선생님, 저기 저 가방……"

　남자가 가방을 다시 가리켰다.

　"한번 열어봐주십시오."

　가방 안에 길쭉한 상자가 하나 들어 있었다. 상자의 나뭇결은 곱게 대패질과 검은 옻칠이 되어 있었다. 고운 영감은 그것이 악기 상자임을 금방 알아차렸다. 상자를 열자마자 고운 영감은 깜짝 놀라고 말았다.

"아니, 이건 향비파* 아닌가?"

목이 가느다라니 길고 아래로 향한 소리통은 나지막한 물방울 모양으로 되어 있으며 줄이 다섯 개인 향비파는 상자 속에 고요히 누워 있었다.

"자네가 어떻게 이 귀한 걸……"

"선생님께서 더 잘 아시겠지만 참 불쌍한 악기지요. 지금이라도 선생님이 거두어주실 수는 없겠는지요."

"내가?"

"우리 모두 비밀리에 선생님을 찾았어요. 그리고 육 개월 전에 이 악기를 어렵사리 손에 넣었습니다만."

고운 영감은 말로만 듣던 향비파를 보자 가슴이 뛰었다. 신라 시대부터 내려오는 우리나라 삼현삼죽**의 하나인 향

---

*
통일신라 이후 우리나라의 대표적인 현악기로 꼽히는 악기입니다. 고구려에서 만들어진 오현비파와 같은 악기이며 고려 때 김부식에 의해서 씌어진 『삼국사기』에는 "향비파의 곡조에는 궁조, 칠현조, 봉황조 세 조에 212곡이 있다"라고 하지만 우리는 지금 연주법조차 모르고 있어요.

**
신라 말기, 즉 9세기 이후 우리나라의 전통 악기들입니다. 삼현(三絃)은 거문고, 가야금, 향비파이고 삼죽(三竹)은 대금, 중금, 소금인데 악기를 만드는 재료에 따라 분류한 것입니다. 그러니까 삼현으로 나누어진 악기는 줄이 있는 악기이고, 삼죽으로 나누어놓은 악기는 대나무에 구멍을 내어 만든 악기지요.

비파. 가야금, 거문고, 대금, 중금, 소금, 모두 지금까지 제 소리와 연주하는 방법을 다 잃지 않고 있지만, 어찌된 셈인지 향비파만은 제 소리를 잃어버렸다.

"그만 어떻게 되었다는 말인가?"

"이걸 노리는 사람들이 있어서요. 골동품으로 비싸게 팔아먹으려고요. 삼백 년 전에 어떤 악기 잘 만드는 사람이 만든 건데 어쩌다가 중국에 빼앗겼답니다. 어렵사리 도로 찾긴 했는데 귀한 악기인 줄 알아보는 사람이 없어 이리저리 굴러다니다가 우리들 국악기 하는 사람들이 발견한 거지요."

향비파는 소리통 중간중간에 칠이 벗겨져 있었고 줄을 죄는 부분도 반쯤은 떨어져나가 있었다.

"소리 내기가 까다로워서 이제 만질 줄 아는 사람도 없다는데 내가 어떻게, 산에서 이십여 년을 약초만 캐고 살던 늙은이가 어떻게."

"선생님, 우리는 어떻게든 소리를 살려보려고 했어요. 그러다가 선생님 계신 곳을 알고 뵈러 오다가…… 그 사람들이 저를 이렇게 다치게 했어요. 그런데 매 한 마리가 나타나서는 그 사람들을 쫓아버렸지 뭐예요."

고운 영감은 지킴이일 거라고 짐작했다.

"선생님, 이 악기는 선생님과 인연이 깊다 싶어요. 제가
이 산에 올라올 때 사람들이 이곳을 지키는 매가 있다고 하
더군요. 이 악기를 갖다준 이는 제가 아니라 바로 그 매예
요. 하도 신비해서 저는 이 악기가 이제 제 목소리를 찾겠구
나 했는데……"

고운 영감이 묵묵히 누워 있는 향비파를 보았다. 소리를
잃어버렸다…… 고운 영감은 이 악기가 자신의 처지와 비
슷하다는 생각에 이르렀다.

서양 음악이 물밀듯 들어오자 사람들은 거문고의 명인 고
운 영감을 버렸다. 어느 날 거문고 연주를 위한 극장 무대에
섰을 때 관객석에는 두어 명의 할아버지 할머니만이 앉아
있었다. 그날 고운 영감은 묵묵히 연주를 했고 연주가 끝나
자 거문고 하나를 달랑 등에 멘 채 산으로 올라와버렸다. 남
을 위해 소리를 이루어내야 하는 것이 아니라 소리의 길을
위해서 외로움을 견뎌야 한다는 것이라 깨달은 것은 그대로
산에서 막막한 괴로움을 견디면서부터였다.

고운 영감은 향비파를 다시 상자에 넣고 뚜껑을 닫았다.

"내가 거두겠네. 어느 날 문득 소리를 찾고 싶어 내 마음이 움직여질 때까지 일단은 가지고 있겠네. 그러나 기대는 말게나. 나같이 옹졸했던 사람은 악기, 아니 소리가 가는 길 앞에선 언제나 길을 잃는다네."

중년의 제자는 옛 명인의 뼈아픈 말을 듣는 내내 마음이 무거웠다. 가엾은 우리 옛것들, 우리들이 듣지 못하고 보지 못해 절로 말 못하고 눈뜨지 못한 그 많은 우리의 귀한 자리.

저 새가 진짜 좋은 소식을 가져오려나

"자, 이제 알겠느냐? 그럼 한번 약재를 찬찬히 살펴보고 이름을 맞히고 그 쓰이는 데를 외워보아라."

가로미는 창호지에 싸인 약재를 찬찬히 살펴보고는 또렷하게 대답했다.

"약 이름으로는 택사*이고 진짜 이름은 물배짜기예요. 음, 더위 먹은 데 당뇨병에 현기증 날 때 얼굴과 팔다리가 부을 때 먹으면 좋아요."

---

*
소귀나물, 벗풀, 보풀 따위가 속한 택사과의 여러해살이풀이지요. 우리나라 울릉도, 지리산 등의 연못이나 늪에 야생하며 물기가 많은 곳에서 잘 자랍니다. 팔월, 구월에 흰 꽃이 피는데, 뿌리는 약재로 쓰입니다.

"그놈 참 잘 맞혔다!"

초의 영감은 무릎을 한 번 탁 치고는 버릇대로 사마귀수염을 쓰다듬었다.

"어떠냐, 재미있쟈?"

가로미가 고개를 끄덕였다. 초의 영감은 가르쳐준 것보다 훨씬 빨리 익히는 영특한 가로미가 기특해서 자꾸만 너털웃음을 지었다. 가로미는 언젠가 '초의'라는 한자 뜻을 묻고는 그것이 '풀 옷'이라는 걸 알게 되자 까르륵거리며 만수에게 말했다.

"삼촌, 봄여름에는 괜찮겠지만 가을겨울에는 풀 옷만 입고 추우시겠다. 겨울엔 가죽옷 할배라고 해야 되겠네, 안 추우시게."

초의 영감은 읍내 사거리에서 약방을 했다. 사거리에 자리잡고 있어서 사람들은 흔히 초의 영감네 약방을 '사거리 약방'이라 불렀지만 진짜 이름은 '초의당'이었다. 초의 영감은 직접 사람을 진찰하거나 약을 짓지는 않지만 산이나 들에서 나는 나무 열매나 풀잎이나 풀뿌리, 꽃 들 중에 사람에게 이로운 것을 골라 큰 도시로 보내는 일을 하고 살았다.

초의 영감 옆에는 그래서 『본초강목』*이니 『향약구급방』**
같은 책이나 한약재를 써는 작두나 약의 무게를 다는 접시
저울도 있었지만 주판이 가장 가깝게 놓여 있곤 하였다. 주
판이 가까이 있으나 초의 영감은 그리 셈을 잘하지는 못하
는지 약방은 언제나 좁고 한적했다. 따로 일하는 사람을 두
지 않고 그 많은 일을 혼자 하면서 마나님하고 둘이서만 지
냈다.

초의 영감의 몸은 살이 없기로 하면 사흘 동안 여물 근처
에도 가본 적이 없는 부소 같았다. 또 오른쪽 뺨에는 사마귀
가 있는데 사마귀 위에는 긴 털이 꼭 세 개가 박혀 있었다.
늘 이 털을 어루만지면서 말을 하는데 그 목소리는 언제나
깨끗하고 맑게 들렸다.

"저기…… 할아버지, 삼촌 늦게 와요?"

만수가 약간 늦게 온다는 느낌이 들면서 가로미는 안절
부절못했다. 방문 쪽을 흘끔거리며 바깥에서 문 열리는 소

*
중국 명나라 사람 이시진이라는 분이 쓴 약과 처방에 관한 책인데 1596년에 세상에 나왔지
요. 약 천팔백 가지의 식물과 동물을 52권으로 나누어 약효를 적어두었고 팔천 가지가 넘는
병에 대한 처방이 있습니다.

**
우리나라에서 구할 수 있는 약으로 아픈 사람을 치료하는 방법을 적은 책이에요. 원래는 고
려 때 나왔지만 조선 때 최자라는 분이 다시 책으로 내었지요.

리가 날 때마다 어깨를 움쩍거렸다.

"네 이놈, 사내놈이 그새를 못 참구선 또 삼촌 타령!"

초의 영감의 불호령이 떨어지자 가로미는 금방 얼굴이 빨개지며 눈에 눈물이 고였다.

"쯔쯧. 눈물 무거울라 어서 떨어져라."

초의 영감이 곰방대를 탁탁 쳤다.

"저 왔습니다."

바깥에서 문소리에 이어 만수의 목소리가 들렸다. 가로미의 얼굴이 금방 환해졌다.

"인석, 울다 웃으면 엉덩이에 솔 난다 솔 나."

방문을 열고 만수가 들어왔다. 뒤따라 마나님이 들어오면서 미안하다는 듯한 표정을 지었다.

"우리 영감이 또 가로미를 잡고 있네. 내 마루로 상 가져올 테니 점심이나 같이하세."

만수는 무슨 좋은 일이 생긴 듯 연방 싱글벙글이었다.

"쯔쯧. 삼촌이나 조카나 벙글거리지만 말고 무슨 일이 생겼는지 어서 말해보게."

"영감님, 부순이가 새끼를 뱄답니다."

부순이는 가로미네 암소 이름이었다.

"그래, 경사났구면, 초봄부터."

초의 영감의 얼굴도 덩달아 환해지고 가로미의 얼굴에도 잘 익은 석류 같은 웃음이 번졌다.


바깥에서 마나님이 점심 먹자고 성화를 부려 모두가 마루로 나왔다. 가로미가 엉덩이로 엉기적엉기적 기자 만수는 가로미를 달랑 안으려다가 초의 영감의 눈꼬리가 올라가는 것을 보고 얼른 멈췄다.

마나님이 차려온 상에는 이제 한창 오르고 있는 보리순을 끊어다 굴과 된장을 넣어 끓인 보리순국과 갈치구이와 봄 상추가 반찬으로 놓여 있었다. 만수는 잎이 여리고 보라색이 도는 것만으로 상추를 몇 개 고르더니 밥을 크게 한 숟갈 퍼서는 밥 위에 된장을 조금 바르고 갈치를 한 점 뚝 떼서 올렸다. 그러더니 눈물이 나올 만큼 입을 크게 벌리고 볼을 풍선처럼 부풀려서 상추쌈을 우적우적 섭었다.

가로미는 입맛이 없는지 젓가락으로 갈치를 몇 번 후비다 슬그머니 젓가락을 놓으려고 했다. 만수가 밥을 맛있게 먹을 때마다 웬일인지 가로미는 마음이 아팠다. 만수는 덩치가 가로미의 대여섯 배는 되었다. 그 덩치로 파종도 하고 모내기도 하고 풀도 뽑고 겨울에는 온실 재배도 했다. 그 덩치로 쭈그려 앉아 가을이면 고추도 말리고 나락도 말리고 또또 그 덩치로 빨래도 하고 밥도 하고 가로미를 업어 학교까지 데려다주었다. 그러나 그 덩치로 할 건 다 하지만 장가는 못 갔다. 아직 삼촌에게는 색시가 없었다. 가로미는 어쩐지 삼촌이 장가를 안 가는 것도 이 농사 저 농사 잘 안 되는 것도 다 자기 때문인 것 같아 슬퍼졌다.

가로미는 밥을 먹다 말고 눈물이 나올 것 같아 저쪽 산을 바라보았다. 봄이 오려는지 아지랑이가 올라와 눈이 어른어른해졌다. 아마도 아지랑이는 물기를 잔뜩 품고 있는 땅속에서 봄 햇살을 받고 피어오르는, 겨울 땅이 녹으면서 내뿜는 따뜻한 입김 같은 걸 거였다. 저 입김은 세상을 따뜻하게 하고 마침내 연하게 해서 굳은 나무에 연초록 참새 부리 같은 맑은 싹들을 돋게 할 거였다.

가로미는 이런 날이면 진짜 한번 걸어봤으면 좋겠다고 생각했다. 이런 날 한번 걸어봤으면…… 어디 봄이 언덕이나 논밭에 그리고 산봉우리나 나무줄기에만 오는가. 가로미가 가볼 수 없는 산마루, 산마루 너머의 외딴 숲, 그 숲의 이끼나 작은 풀들, 큰 나무, 애기 나무, 그 숲에서 생겨난 작은 샘물이 있어 그 샘물이 흐르고 넘쳐 물길을 만들고 그 물길을 따라 맑고 착한 물들이 순하게 흘러 이 산 저 산에서 흘러내린 물이 만나 산 어느 귀퉁이에 모여 서로의 말간 얼굴을 부딪치면서 웃으면서 희게 거품 이는 계곡 물길을 만드는 그곳에도 오겠지.

어른들은 그 산을 신령한 매가 사는 영산이라고 했는데 가로미는 아직 한 번도 가본 적이 없었다. 그곳에 내 발로 걸어가 봄이 와서 한결 따뜻해진 그 물에 발을 한번 담가본다면……

가로미는 제 발을 물끄러미 내려다보았다. 툭 건드려보아도 세게 꼬집어보아도 아무렇지도 않게 가만히 있기만 하는 발…… 콧등이 시큰거리고 눈앞이 뿌얗게 흐려지면서 가로미의 눈물 한 방울이 상 위에 툭 떨어졌다.

"밥 먹다 말고 왜 울어?"

만수가 초의 영감의 눈치를 살피며 가로미의 옆구리를 살짝 건드렸다.

"삼촌, 내 발만 겨울이야, 다 봄인데."

가로미가 밥상을 쳐다보며 고개를 들지 않자 만수가 슬쩍 눈치를 주었다.

"인석이 어르신하고 겸상해서 밥 먹으면서."

가로미는 계속 고개를 숙이고 있다가 어깨를 가늘게 떨었다. 우는 것이었다. 만수는 하는 수 없이 가로미를 번쩍 안아서 마루 한 귀퉁이로 데리고 갔다. 그러곤 가로미를 똑바로 쳐다보며 말했다.

"너 의사 선생님한테 들었지? 다 네 맘먹기에 달린 거라고. 언젠가 용기가 나거나 어디 가고 싶은 곳이 생기면 그러니까…… 여기 안 가보면 죽겠구나 싶은 곳이 생기면, 걸을 수 있을 거라고."

가로미가 말없이 고개를 주억거렸다. 잠자코 밥을 먹던 초의 영감이 산 쪽을 바라보았다. 먼산에서 새 몇 마리가 사람들이 사는 마을로 날아들고 있었다. 몇 번이고 마을 하늘에서 공중돌기를 하더니 날개와 꽁지를 부챗살처럼 펴고 두 다리를 쑥 내밀며 나무 위에 앉는 것이었다. 나뭇가지에 앉자마자 새는 꽁지를 접고 날개를 둥글게 말아 어깨 옆에 겹쳐두고는 목덜미를 부르르 떨었다. 턱에 선명한 개나리 빛 깃털을 단 노랑턱멧새*였다.

"가로미야, 새봄에 노랑턱이 보니까 지난겨울에 봤을 때랑은 다르지?"

가로미 쪽을 장난스럽게 건너보며 초의 영감이 말을 걸었다. 노랑턱이는 짧은 목을 방정맞게 앞뒤로 움직이며 가지 위에서 깝작거렸다.

"저 새가 진짜 좋은 소식을 가져오려나."

혼잣말을 하며 노랑턱이가 날아온 영산을 쳐다보던 초의 영감이 가로미에게 이리 오라 손짓을 했다. 가로미가 엉덩이로 기어서 다가가자 초의 영감이 가로미의 어깨를 안으며 말했다.

"내가 우리 가로미한테 옛날이야기** 하나 해줄거나. 옛날 옛적에 곰이 쑥 먹고 까치가 마늘 먹고 호랑이는 그 옆에서

*
멧새과에 속하는 새로서 우리나라 중부 지역에서 흔히 보이는 텃새입니다. 주로 낮은 산, 논과 밭에서 사는데 둥지는 나뭇가지나 땅바닥에 짓고 대여섯 개의 알을 낳으며 겨울철에는 식물의 종자를 먹고 여름철에는 곤충을 먹지요.

**
이 이야기는 서정주 시인의 시집 『질마재신화』에 나와 있는 「풍편의 소식」이라는 시를 고쳐쓴 것입니다.

시절 좋게 담배 먹을 적 두 동무가 어느 날 사람 사는 마을을 고만 버리고 깊은 산에 들어가기로 마음먹었는데 한 동무의 이름은 '기회 보아서'이고 또 한 동무의 이름은 '도통이나 해서'였거든. '기회 보아서'는 산 남쪽 모롱이에 풀집을 이우고 살고 '도통이나 해서'는 북쪽 산 동굴 속에 자리 잡고 사는데 두 사람 다 영, 영, 영, 싫었나봐."

"뭐가요, 할아버지?"

"세상 사람들이 딱 맞추어놓고 이거 지켜라 저거 지켜라 몇시에 만나자 누구는 높고 누구는 낮고 누구는 가난하고 누구는 부자고 어디는 도시고 어디는 시골이고 하는 거…… 그래서 가끔 아주 가끔씩 만나는데 그 약속을 수풀에 부는 바람더러 정하라고 한 거지. '아주 예쁜 바람이 북녘에서 불어와서 산골짜기 수풀의 나뭇잎들을 아주 곱상하게 굽히면서 파다, 파다, 파다거리게 하거든 여보게 '기회 보아서'! 자네가 보고 싶어 내가 자네 쪽으로 걸어가고 있는 줄로 알게, 응?' '도통이나 해서'가 이렇게 말하니까 '기회 보아서'는 이렇게 말했거든. '아주 썩 좋은 남풍이 불어서 산골짜기의 나뭇잎들을 북쪽으로 아주 멋들어지게 굽히며 살랑, 살랑, 살랑거리게 하거든 여보게 '도통이나 해서'!
그때는 자네가 그 어디쯤 마중나와 서 있어도 좋으이.'"

옛날이야기를 마치고 초의 영감은 노랑턱이가 내려앉아
있는 나뭇가지를 눈이 시도록 쳐다보았다.

"아무리 그렇게 하구서 두 사람이 만날 수 있어요?"

가로미가 고개를 들어 물었다.

"글쎄다…… 오늘 할아버지가 기다리던 동무가 온다고
소식을 보내와서 그 얘기가 생각난 거야."

손을 툭툭 털고는 초의 영감이 일어나더니 만수를 향해
말했다.

"바퀴 의자 갖고 와. 가로미 혼자 읍내 한 바퀴 하고 오
게."

만수가 머뭇거리자 초의 영감의 목소리가 카랑하게 높아
졌다.

"얼른."

만수는 허둥지둥 뒤란으로 가서 바퀴 의자를 끌고 나왔
다. 가로미를 의자에 앉히려고 달랑 들어올리자 가로미는
마루에 엉덩이를 꼭 붙이고 만수의 어깨를 세게 거머쥐었

다. 만수는 이내 가로미에게서 떨어지더니 팔짱을 낀 채 가만 가로미를 쳐다보았다.

"와, 삼촌, 약방에 새 약 많이 들여왔네."

딴전을 피우는 듯 가로미는 약방 마당 한쪽에 수북이 쌓인 맥문동* 뿌리를 가리켰다.

"꽃은 연하고 고운데 뿌리는 참 못생겼다, 그치?"

만수를 쳐다보며 가로미가 사정하는 듯한 표정으로 말했다. 만수가 난처한 듯 꾸물거리자 초의 영감이 곰방대를 또 탁탁 털었다.

"어디에 쓰이는지 외워보고 얼른 바퀴 의자 타고 나갔다와."

가로미가 쩔끔해서 고개를 푹 수그리고는 조그마한 소리로 외우기 시작했다.

"가래를 없애고 기침을 재우고 위를 튼튼하게 하고 가슴 울렁거리는 데 숨찬 데……"

만수는 마음이 짠해져왔다. 가로미는 총명했다. 그러나 만수는 가로미가 총명한 것에도 마음이 항상 무거웠다. 혼

---

* 백합과의 여러해살이풀이지요. 삼십 센티미터 정도 자라고 칠팔월에 보랏빛 꽃이 핍니다. 약재로 아주 널리 쓰이지요.

자 앉아 있는 시간이 많아서이기도 하겠지만, 너무도 어린 시절 큰 아픔을 겪어서 그런지도 모르지만, 해맑게 웃고 있어도 노을이 기대오는 산그늘 같은 우울이 가로미의 눈가로 이마로 아련히 퍼져오는 게 보여서였다. 민수는 언젠가 잠든 가로미의 얼굴을 가만히 내려다보다가 너의 얼굴에는 슬픔의 그림지도 같은 게 그려져 있구나, 혼잣말로 중얼거린 적도 있었다.

"만수, 뭐하는가. 빨리 바퀴 의자에 앉히지 않고."

만수는 마음을 약하게 먹지 않으려고 주먹을 불끈 쥐었다. 가로미는 하는 수 없다는 듯 먼산을 또 쳐다보았다. 삼촌 마음대로 하라는 거였다. 만수가 제 어깨를 꽉 움켜잡자 이내 가로미가 울음을 터뜨렸다.

"싫어, 휠체어 혼자 타고 가는 거 싫어. 삼촌, 나 혼자 내버려두지 마."

가로미의 눈물로 만수의 목덜미가 뜨뜻해져왔다. 그러나 만수는 가로미를 들어올려 바퀴 의자에 앉혔다.

"빨리 갔다 와, 빨리!"

미적미적하며 계속 마른 눈물을 흘리던 가로미가 바퀴

굴리는 소리를 내며 나아가기 시작했다. 만수가 뒤돌아보니 가로미가 있던 자리엔 봄 햇살이 너울거리고 있었다.

"숫제 전쟁일세, 전쟁."

마나님이 고개를 설레설레 젓고는 상을 들고 부엌 쪽으로 갔다. 만수는 한숨을 휴 쉬고는 마루에 털썩 주저앉았다. 초의 영감이 헛기침을 두어 번 하더니 만수 옆에 쭈그리고 앉았다.

"사람이 왜 귀한고 하면 마음에 병이 있기 때문이라. 마음에 병이 왜 생기는고 하면 그 마음이 살아 있어서라. 마음이 살아 있으니 힘들고 아플 수밖에 없는 거라."

"오늘 내려오신다면서요, 산에서."

"그려 오늘일세. 바람결에 들리는 소식처럼 저절로 들려오게 우리 자연스럽게 기다리자구."

나는 못 걸으니까

가로미가 굴리는 바퀴 의자는 천천히 천천히 햇살을 감아올리며 읍내 오일장 속을 돌고 있었다. 은빛의 바큇살이 햇살을 한번 감아올릴 때마다 둥근 바퀴는 환하게 빛났다. 가로미는 갓 태어났는지 부신 햇살 속에 눈꼬리에는 눈곱을 붙이고 두 앞발로 머리를 괴고 누운 강아지들을 쳐다보았다.

'강아지 한 마리에 삼천오백 원.'

강아지 옆에는 불 삭정이처럼 마른 할머니가 참깨 자루를 열어놓고 조그마한 됫박에 참깨를 담으며 지루한 표정으로 앉아 있었다.

'참깨 한 됫박에 사천 원.'

참깨 옆에 보자기를 넓게 펼쳐놓고 그 위에 봄 시금치를
잔뜩 늘어놓고서는 꾸벅꾸벅 졸고 있는 할머니도 보였다.

'시금치 한 근에 천이백 원.'

가로미는 사람들이 어떻게 저렇게 값을 매기는지 이상했
다. 이상해. 강아지는 살아 움직이는데 삼천오백 원, 참깨나
시금치는 살아 움직이지 않는데두 사천 원, 천이백 원.

참깨 한 알이면 참깨 한 그루. 시금치 하나면 땅속 깊이
뿌리를 내린 바알간 시금치 한 뿌리. 참깨 한 그루가 살아서
다 받아내는 햇살과 비와 바람. 시금치 한 뿌리가 살아서 다
빨아들이는 땅속의 물과 살가운 땅의 기운. 그러니까 그것
은 강아지 한 마리가 살아서 아침저녁 두루두루 만나는 세
상과 같은 거 아닌가. 그러니까 저 값은 어쩌면 눈속임이 아
닌가. 그런데 왜 나는 강아지 값이 참깨나 시금치 값보다 더
비싸야 옳다고 생각했을까. 이 눈속임 값의 세계에서 나는
아마 오 원도 안 될 거야. 걷지도 못하고 맨날 삼촌 속만 썩
이니까.

가로미는 지나가는 사람들이 자기를 흘깃거리면 그때마다 등에서 식은땀이 나는 걸 느꼈다. 사람들이 많이 모이는 곳에 혼자 있는 것은 역시나 무서운 일이었다. 바퀴를 밀면서도 누군가가 갑자기 확 떠다밀 것 같았고 누군가가 바퀴를 꽉 잡고 놓아주지 않을 것도 같았다. 가로미의 손놀림이 갑자기 빨라졌다. 온통 삼촌에게로 돌아가고 싶다는 생각뿐이었다.

삼촌은 내가 오 원도 안 된다는 걸 알고 있을 거야. 그런데 오 원짜리가 웬 껌은 백만 원쯤 갖고 있는 걸까. 난 내가 싫어. 가로미는 눈을 감고 백 번쯤 말했다. 난 내가 싫어, 내가, 이렇게 말하는 내가. 도리질을, 도리질을, 도리질을…… 그러다 가로미가 슬그머니 눈을 떴다. 햇살에 눈이 부셨다.

가로미는 누가 볼세라 두리번거리다가 일부러 바퀴를 천천히 밀며 앞으로 나갔다. 차일을 쳐놓은 국밥집에는 커다란 화덕 위에 큰 솥이 걸려 있고 김은 마치 하얀 오리 깃털 부푸러기 일듯 너울거렸다. 대나무 광주리 속에는 삶은 돼지고기가 꺼뭇꺼뭇 말라가고 있었고 그 옆에는 삶아놓은 국

수가 한 손씩 곱게 감겨 있었다. 몇 개의 나무 탁자 그 위에 볼품없이 올려진 수저통, 수저통 속에는 양은 숟가락, 젓가락, 국물로 얼룩진 하얀 비닐 식탁보……

가로미는 바퀴를 멈추고 천막 안을 들여다보았다. 차일의 빛깔이 물빛이었으므로 차일 안은 물빛 그늘이 져서 고왔다. 그 안에서 처음 보는 여자아이와 머리를 길게 땋은 아가씨가 국밥을 먹고 있는 게 보였다.

여자아이의 머리칼이 길었다. 길고 연한 머리카락이 자꾸 숟갈 속으로 빠지는지 아이는 손으로 머리칼을 귀 뒤로 넘기면서 국밥을 먹느라 정신이 없었다. 커다란 숟갈로 국밥을 잔뜩 퍼 입에 넣어서는 몇 번 오물거리지 않고 꿀꺽 삼켰다. 가득했던 국밥이 곧 비워지자 아이는 국밥 한 그릇을 더 시켰는데 국밥집 주인이 그만 입을 딱 벌려버렸다.

"세 그릇이나 먹고 또?"

그 말을 듣자 가로미는 킥킥 웃음이 나왔다.

"세 그릇?"

국밥이 새로 상 위에 오르자 아이는 김칫국물까지 부어 섞더니 또 먹기 시작했다. 아가씨는 입가에 동그란 웃음을

보일락 말락 지어가며 아이가 먹는 걸 지켜보고 있었다. 그
러다 먼산 쪽을 향해 고개를 돌리는데 희고 긴 목이 무 빛이
었다. 먼산, 영산, 저쪽에 무슨 보고 지은 것을 두었는지 금
방 쌍긋한 눈매에 산이끼처럼 연초록 그늘이 어렸다.

'참 슬픈 얼굴을 다 봤네.'

가로미는 아가씨의 얼굴을 보자 왠지 마음에 불그레한 달
이 떠오르는 것 같았다. 그 불그레한 달은 어느 날 삼촌이
정강이가 온통 거머리에 물려 논에서 돌아왔을 때 가로미가
느끼던 에일 듯한 그런 느낌의 달이기도 했다.

"뭘 보니?"

가로미의 눈앞에 여자아이가 우뚝 서 있었다.

"넌 젓가락 같은 다리를 가졌구나. 그런데 너 바퀴를 좋아
하니?"

앉아 있을 때는 모르겠더니 서 있는 여자아이가 제법 컸
다. 커다란 웃옷에는 주머니가 한 여섯, 일곱 개는 달린 듯
했고 헝겊 끈으로 허리를 질끈 맨 채였다. 햇빛을 등지고 서
있었는데 얼굴이 참 환했다.

"미……안, 해."

"뭐가?"

"쳐다본 거."

"왜 그게 미안해. 난 그냥 네가 쳐다보고 있길래 왜 그러고 있냐고 물었는데. 근데 너 바퀴 좋아하니?"

"바퀴, 바바바퀴, 나는 바퀴 없음 안 돼."

"왜?"

"나는 못 걸으니까."

"못 걷는다고?"

가로미의 얼굴이 불에 덴 듯 쓰라려왔다.

"나 가도 되니?"

이렇게 말하는데 가로미의 눈에서 눈물을 주르르 흘러내렸다. 여자아이가 이상하다는 듯 가로미 옆에 다가섰다. 그러고는 무릎을 꿇고 앉더니 생글거리며 말하기 시작했다.

"너 눈이 꼭 머루알 같구나."

가로미가 바퀴를 세게 밀었다. 그런데 어찌된 일인지 바퀴가 꼼짝을 안 했다. 여자아이가 뒤로 주춤했다. 가로미는 땅바닥을 보고 계속 바퀴가 움직여주기를 빌면서 손을 바삐 움직였다.

"그러지 마, 내가 뒤에서 밀어줄게."

여자아이가 뒤로 가더니 바퀴 의자의 손잡이를 잡았다.

"나 혼자 갈 거야. 나 혼자 할 수 있어."

"나는 네가 예쁘게 생겨서 그랬어. 그래서 물어본 거야. 누가 너 못 걷는다고 말하면 싫고 눈물이 나와?"

"삼촌, 삼촌."

가로미가 울음 섞인 큰 목소리로 만수를 찾기 시작했다. 차일 안에서 가만 지켜만 보고 있던 아가씨가 급하게 나오더니 여자아이를 붙들었다.

"아냐 아무것도 안 했어. 그냥 물어만 봤어."

아가씨가 한참 가로미를 쳐다보았다. 가로미는 그때까지도 어깨를 들먹거리며 울고 있었다. 아가씨가 손수건을 꺼내더니 가로미 손에 쥐여주었다. 그러고는 말없이 머리를 쓰다듬었다. 그 손길이 너무도 다정해서 괜찮아 하는 것만 같았다. 얼마 후 가로미가 손수건을 꼼지락거리며 접더니 아가씨에게 다시 건네주었다. 얼마간 울더니 괜찮아진 모양이었다.

아가씨는 함박꽃처럼 웃으며 주머니에서 뭔가를 꺼내 가

로미 손에 쥐여주었다. 가로미는 아가씨가 쥐여준 것을 들여다보았다. 그것은 갈빛에 흰 점이 하나 박혀 있는 새의 깃털이었다.

"그거, 우리 엄마 거야. 갖고 있음 마음이 착해져. 힘이 나구."

뒤에서 여자아이가 큰 소리로 말하자 가로미는 또 한번 움찔 놀라 손으로 바퀴를 빠르게 밀어버렸다. 그 바람에 바퀴가 빠른 속도로 미끄러졌다.

"어, 어."

비탈을 미끄러지듯 바퀴는 빠른 속도로 멋대로 굴러가기 시작했다.

"피해, 피해!"

맞은편에서 풍선 아저씨가 공기통을 싣고 오고 있었다. 앞에 바람을 가득 먹은 배불뚝이 풍선이 색색으로 매달려 있어서 아저씨는 가로미를 미처 못 봤는지 작은 트럭을 천천히 몰면서 장길로 들어서고 있었다.

가로미는 눈을 감았다. 푸드덕! 큰 새의 날갯소리가 눈을 감은 가로미 귀 바로 옆에서 들렸다. 갑자기 몸이 공중으로 솟구치는 것 같았다. 부신 햇살, 부부신, 저 해햇살, 몸, 몸이 가벼워, 기깃털, 처럼 즐거이, 가가벼웁게. 밑에서 쾅당 하는 큰 소리가 들렸다. 가로미는 정신을 잃고 말았다.

  '하루종일 새가 울었어요…… 대청마루에 앉아 하루종일, 종일, 저 먼 데…… 바라보며 삼촌을 기다려요. 일찍, 일찍 삼촌이 왔으면, 나는, 혼자 있는 게 정말 싫어요. 눈을 떴다 감았다 해봅니다. 삼촌이 차려놓고 간 밥상 앞에 앉아 숟가락으로 밥을 한 숟갈 퍼서 하나, 둘, 셋, 넷, 다섯, 여섯, 밥알을 세어봐요. 내 숟갈에 밥알이 얼마나 들어가는지 세고, 세고, 또 세어봅니다. 아직 해는 지지 않았어요. 한참을 그렇게 세었는데두요. 마당으로 구구거리며 닭 한 마리, 뒤따라 병아리 하나, 둘, 셋, 넷, 꽃밭에 채송화 하나, 둘, 셋, 넷 하고도, 다섯, 하늘에 구름 하나, 둘, 셋, 넷, 그러다가 하나가 되었다가 다시 둘, 셋, 그리고 다시 하나. 아직 해가 지지 않았어요. 아직도, 아직도, 이러다가 해는 영영 하늘에 붙어 있을 것 같고, 삼촌도 오지 않을 것 같고, 언제 그 언젠

가 엄마, 아버지가 사라져버린 것처럼, 그날 이후로 단 한번
도 꿈속에서도 본 적 없는 것처럼, 저 해는 너무 오래 떠 있
어요. 너무 오래, 떠 있고, 지지 않을 것처럼……'

"아이쿠, 저놈 자면서도 우네."

고운 영감이 가로미의 눈물을 닦아주었다. 밤이 이슥하도
록 가로미는 깨어나지 않았고 모두가 걱정스럽게 가로미의
머리맡에 모여앉아 있었다.

"산에서 내려온 첫날부터 이게 무슨 소동인지……"

고운 영감이 혀를 끌끌 찼다.

"내가 손님 배웅하느라 아이들부터 먼저 내려보낸 게 탈
이지."

모두들 말이 없었다. 초의 영감도 마나님도 만수도 조용
히 앉아만 있었다.

"늘메는 아직 안 돌아왔는가?"

초의 영감이 만수에게 물었다. 만수는 말없이 고개를 끄
덕이고는 밖으로 나갔다.

"참, 운명도. 남매가 칠 년 만에 하필 이렇게 수선스럽게
만나다니. 그나저나 고운 저 아가씨는 누구신가?"

"농아라네. 내가 거둔 아이일세. 혼자 이리저리 다니길래 늘메 손위 언니 노릇이나 하라고."

고운 영감은 잠든 가로미의 얼굴을 내려다보고 또 내려다보기를 반복하고 있었다.

"그놈 총명하게도 생겼네. 비록 걷지는 못하지만…… 아냐, 그놈 걷지 못하는 건 또다른 복이 있어서일지도 몰라."

"복이라구?"

"내 지난겨울부터 저 녀석을 데려다가 약초 공부를 조금씩 시켰는데 신통하게두 말씀이야, 저놈 지가 아프니까 다른 사람 아픈 델 곧잘 들여다봐. 늘메는 어떤가?"

초의 영감은 가로미와 늘메, 이 둘이 떨어져 사는 동안 가끔 고운 영감을 만나기 위해 산에 갔을 때 보곤 했던 꼬마 늘메를 떠올렸다. 늘상 어깨 위에 새 한 마리를 올려놓고 고운 영감을 따라 산 섶섶을 다니며 약초를 캐곤 했던 늘메는 건강하고 힘찬 아이였다.

"산이 늘메를 키웠으니 내가 한 일이 있나. 그 녀석은 사람보다 산하고 더 친해. 이제는 사람하고 친해져야겠지만. 차차로 될 거야, 착한 아이니까."

"이렇게 만나는 것도 어쩔 수 없는 일 아니겠나. 아마 두 녀석은 빨리 친해질 걸세."

아이들은 우리보다 언제나 더 현명하다네

둘을 떨어뜨려놓고 키우게 된 지 꼬박 칠 년째였다. 그 시간 동안 만수의 가슴은 다 타서 바스러진 나뭇잎이 된 것 같았다. 스물일곱이었던 만수도 벌써 서른넷이 되었다. 돌아보면 길고도 긴 시간이어서, 그러나 돌아보면 한순간이기도 해서, 도통 알 수 없는 게 시간이구나, 알게도 된 것이 만수였다.

　멀리서 밤 부엉이가 꾸벅꾸벅거렸다. 만수는 늘메를 찾기 위해 뒤뜰로 나왔지만 어쩐지 두려운 생각이 들었다. 막상 그렇게 보고 싶던 늘메를 만났지만 낯선 마음을 감출 수는 없었다.

'모여사는 게 나았다. 서로 얼굴을 보고 기대고 그래야 상처도 빨리 아무는데……'

뒤뜰에서 수런거리는 소리에 만수는 발소리를 낮췄다. 걸음을 멈추고 잘 들어보니 수런거림은 가늘게 떨리는 흐느낌 소리로 정확히 들려왔다. 늘메였다. 늘메는 산지니에게 기대 울고 있었다. 가느다란 어깨가 떨리고 있었다.

"나 산으로 돌아가고 싶어. 여기는 이상해, 무서워."

산지니가 늘메의 어깨를 감싸안은 채 가만히 늘메를 지켜보고 있었다.

"난 예쁘게 생긴 애가 바퀴 위에 앉아 있어서 그냥 물어본 건데 그애는 더 큰 바퀴에 치여 죽을 뻔했잖아. 이게 아닌데, 이게."

'늘메야.'

만수는 숨이 막힐 것 같아 한숨을 크게 쉬었다.

"산지니야, 우리 산으로 가자. 그냥 산에서 지내자. 오빠 안 만나도 돼. 만나기 무서워."

가만히 지켜보고 있던 만수가 늘메에게로 다가갔다. 만수를 보자 산지니가 움찔 놀라 뒤로 물러섰다. 만수는 가만히 늘메 앞에 무릎을 굽히고 앉았다. 그러곤 찬찬히 늘메를 들여다보았다. 그러자 늘메가 울음을 멈췄다. 눈을 아래로 깔고 땅만 내려다보다가 고개를 들었다.

"아저씨는 가로미 삼촌이지?"

만수가 얼굴을 찡그리며 억지로 웃었다. 울음을 참을 때의 그 찡그림이었다.

"그래, 맞아."

"미안해, 다 나 때문이야. 근데 그애가 예뻐서 그랬어. 나쁜 짓 하려고 한 거 아냐."

"알아."

늘메는 손가락으로 땅 위에 손그림만 그렸다 지웠다 했다.

"나, 산에서만 살아서 그래."

"산에서 오래 살았니?"

"응, 태어날 때부터."

그러다가 늘메가 히 웃었다.

"아냐, 실은 잘 몰라. 난 태어날 때 생각이 잘 안 나. 아저씨는 생각나? 아저씨 태어날 때?"

"나도 생각 안 나."

늘메가 또 고개를 숙이고 손가락으로 그림을 계속 그리자 만수는 슬그머니 늘메의 손가락을 잡고는 손을 제 무릎 위에 올려주었다.

"예쁜 손가락인데 땅에 손그림 자꾸 그리면 손가락 미워져."

늘메가 무릎 위에 손을 포개고는 시키는 대로 가만히 있었다.

"가로미는 괜찮을 거야. 너무 놀라서 그런 거야. 넌 산으로 다시 갈 거니?"

"갔음 좋겠어. 그런데 당장은 안 돼."

"왜?"

"오빠 만나야 돼. 산밑에 내려와서 약초 캐러 하루이틀 산에 갔다가 다시 내려오고 그렇게 하다보면 오빠 만날 거래."

"넌 오빠 얼굴도 모르잖아."

늘메가 만수를 빤히 쳐다보았다. 만수는 슬그머니 고개를 돌렸다.

"오빠 얼굴 몰라도 돼. 나중에 만나면 저절로 알 거야."

만수가 고개를 돌린 채 다른 먼 데를 쳐다보자 늘메가 엉덩이를 털고 일어났다.

"아저씨는 알어? 아저씨는 우리 할아버지랑 오래 아는 사이니까……"

"뭘?"

"나 어디서 태어났는지……"

"그거 알고 싶니?"

"알고 싶은지 모르고 싶은지 잘 모르겠어. 그런데 그거 알면 좋을 것 같아."

"왜?"

"나처럼 오빠 찾지 않아두 되니까."

만수는 마음이 아파서 견딜 수가 없었다. 산지니가 늘메를 안고 뒤뜰을 돌아가자 만수는 벌떡 일어나 가로미가 누워 있는 방으로 향했다. 방문에는 그림자 둘이 어른거리며 앉아 있었다. 마루로 올라간 만수는 또 한참을 서 있다가 침을 한번 꿀꺽 삼키고는 방문을 열었다. 고운 영감이 뜨악하게 바라보았다. 만수의 얼굴은 깨진 손거울처럼 파르르

했다.

"선생님."

"얼굴이 왜 그런가?"

"그때 전 반대했어요. 둘을 떨어뜨려놓는 거요."

"그래서?"

"지금 애들 좀 보세요. 처음 보는 날부터 이런 사고나 나고."

초의 영감이 만수를 끌어 자리에 앉혔다. 눈을 감은 고운 영감은 말이 없었다. 만수는 힘이 빠져 더이상 무슨 말이든 하고 싶지 않았다. 다만 막막해서 앞으로 이 일을 어쩌나 싶기만 했다.

"원망 말게. 지금 일어난 대로 우리 일단 지켜보기만 하자구. 아이들은 우리보다 언제나 더 현명하다네. 아마도 둘이 알아서 스스로 제 아픔을 치료해갈 걸세. 나는 그것을 기대했을 뿐이라네."

가로미가 눈을 한번 뜨더니 다시 감았다. 깨어난 모양이었다.

"가로미야!"

만수가 엉거주춤 다가가자 가로미가 배시시 웃었다.

"나 괜찮아 삼촌. 근데 이상해. 낮에 장에서 본 이상한 여자애가 혼자 울고 있는 꿈을 꿨어."

문이 열리고 늘메와 산지니가 들어왔다. 늘메는 가로미가 깨어난 것을 보더니 활짝 웃었다. 가로미도 따라 활짝 웃었다. 가로미가 조그마한 목소리로 물었다.

"너 어디서 왔니?"

"산에서 왔어. 내 이름은 늘메야."


저녁이 지나서야 늘메와 산지니는 산에서 내려왔다. 늘메의 어깨 위에 곤줄박이* 한 마리가 앉아 있었다. 가슴과 배 가운데는 노란빛, 그 양옆에는 벽돌빛의 깃털을 가진 곤줄박이는 머리를 늘메에게 기대고는 부리로 가볍게 늘메의 귀를 연신 쪼아댔다.

늘메가 메고 온 삼실로 실하게 꼬아 만든 큰 망태는 늘메의 덩치보다 두 배는 더 컸다. 산지니도 등에 커다란 짐을

---

*
박새과에 속하는 새로 우리나라에서 흔히 보이는 텃새입니다. 침엽수와 활엽수가 울창한 숲 속에서 박새들과 함께 살고, 둥우리는 고목이나 오래된 집의 처마밑 구멍에다 짓습니다. 다섯 개에서 여덟 개까지 알을 낳고 해로운 벌레, 나무 열매를 주로 먹고 삽니다.

지고 왔다. 둘이 들고 온 것을 마당에 풀어놓자 마당에 한 가득 새 세상이 펼쳐졌다.

늘메는 곤줄박이를 마루 위에 내려놓고 날개를 살펴보았다. 자세히 보니 곤줄박이의 날개 깃털에 피가 말라붙어 있었다. 늘메는 방안으로 들어가 작은 단지를 하나 가져와서는 손가락으로 약 가루를 집어내더니 침을 뱉어 끈적끈적하게 만들고 그것을 상처가 난 곳에다 발랐다. 약 가루를 바른 곤줄박이가 부르르 떨었다.

"너 또 아프면 와, 알았지?"

마치 아기에게 타이르듯 말하더니 늘메가 제 손등 위에 곤줄박이를 올린 뒤 휘익 긴 휘파람을 불었다. 곤줄박이도 휘파람 같은 소리를 한번 내더니 훼이 한 바퀴 돌아 사뭇 절뚝거리며 천천히 날아올랐다. 얼마간 천천히 날던 곤줄박이가 더이상 날지 못하고 다시 늘메의 손등에 앉았다.

"할아버지, 올해는 부들*꽃가루를 좀더 많이 따야겠어요. 산에 올라갔더니 새들이 너무 많이 다쳐 있어요. 지난번 비

*
좀부들. 포황, 향포로가 속한 부들과의 여러해살이풀입니다. 제주도와 내륙의 못가에 흔히 자라는 풀로 칠월에 꽃술만 보이는 누런빛의 꽃이 피는데 피를 멈추는 지혈제 등의 약재로 쓰입니다.

온 다음부터 그래요."

고운 영감은 가로미네 가까운 데 집을 얻어 늘메와 산지니를 데리고 지내고 있었다. 늘메와 산지니가 산에 가서 약초를 캐어오는 동안에도 고운 영감은 도통 바깥출입을 안하고 무얼 하는지 방안에서만 지냈다.

늘메는 부들 꽃가루를 침으로 개어 곤줄박이의 날개 위에 두어 번 더 발라주고 있었다.

"지킴이 잘 계시던가?"

조용히 마당 위에 풀어놓은 약초들을 정리하던 산지니가 고개를 끄덕였다. 마당 가득히 떡쑥이며 택사 뿌리와 민들레 뿌리 들이 펼쳐져 있어서 진한 풋것들의 냄새가 숨을 한 번 들이쉴 때마다 훅 끼쳐왔다.

"늘메야, 오늘 저녁은 가로미네 가서 먹자. 민들레 뿌리 가져가서."

고운 영감의 말이 떨어지자 늘메는 마당에 널려 있는 민들레 뿌리 중에서 크고 잘생긴 놈으로만 골라 품 가득 안아서는 마루에 놓았다. 약초를 정리하던 산지니가 눈짓으로 무언가 말하자 늘메가 망태 제일 아래쪽에서 마른 짚단으로 잘 엮은 바구니를 꺼냈다. 그 안에는 산꿀이 벌집째 들어 있어 늘메가 바구니를 꺼내자마자 알싸하고 달큰한 냄새가 마당 가득 맴을 그리며 퍼졌다. 풀냄새와 산꿀 냄새가 곱다라니 서로의 품을 빌린 저녁 무렵의 마당은 세상에서 제일 큰 향수병이 된 것만 같았다.

"어치*가 어디 있는지 가르쳐줬어. 작년에 아기 어치 한 마리 다리 다친 거 낫게 해줬잖아. 이거 먹으면 가로미 금방 나을 거야."


가로미는 일주일 넘게 깨어났다 다시 잠들기를 반복하고 있었다. 잠을 자면서도 눈꼬리에 동그랗게 눈물 자국을 달곤 했다.

"어쩌면 세상에, 어쩌면 세상에."

사람 좋은 마나님이 마른가지 같은 가로미의 손을 잡고 눈물을 글썽거리다가 초의 영감에게 퇴박을 맞기도 여러 번이었다.

---

\*
까마귀과에 속하는 새로 텃새이며 '산까치'라고 흔히 불립니다. 울창한 숲이나 높은 산에 살고 둥지는 나뭇가지 사이에다 짓는데 네 개에서 여덟 개의 알을 낳고 벌레, 나무 열매를 먹고 살며 사람이 사는 곳까지 나와서 떼를 지어 삽니다.

"부모 먼저 잃은 것도 서러운데, 서러운데……"

"자꾸 그럭 하고 있어봐 가로미가 깨어나나."

"가련하잖아요."

"가련하기는 뭐가. 다 잘될 텐데."

말은 그렇게 하면서도 초의 영감은 일주일 동안 매일 빼놓지 않고 가로미를 찾아왔다.

"그렇게 무정한 분이 인삼 상자는 왜 그렇게 축내고 그런대요?"

"아이구 사람 잡겠네. 말라 고부라진 손가락보다 작은 인삼 내 꼭 다섯 뿌리 갖고 왔네. 그게 그리 아까운가, 그리."

"손가락요? 가로미 삼촌 다리만한 거지요 그게. 아니 그거야 통째 다 가져와도 괜찮은데 애가 나아야죠. 그래야 봄도 보고 꽃도 보고 화전도 지지고 느티떡도 먹고……"

만수는 마음이 바빴다. 곧 모내기 철이 들이닥칠 텐데, 지금 모판 준비며 밭에 모종 옮기기며 할일이 태산 같은데, 가로미가 저렇게 누워 있으니 일이 손에 잡힐 리가 없었다.

만수는 부순이를 보기 위해 자주 외양간엘 들렀다. 새끼를 가진 부순이는 신경질이 늘었지만 여전히 순했다. 만수는 낮에 진달래를 꺾어다 부순이 외양간 앞에 걸어두었다.

저녁 무렵이 되자 진달래꽃은 시들어 있었다. 부순이가 길게 하품을 하고 꼬리를 철버덕거렸다.

'부순아, 걱정이다 걱정. 가로미가 일어나야 할 텐데.'

만수는 부순이의 등에 붙은 여물 짜래기를 떼어주며 혼잣말을 했다. 부순이의 눈이 저녁 기운으로 젖어 있었다. 한참을 부순이 곁에서 서성이던 만수는 내일 아침에 먹일 여물을 썰어두고는 방으로 들어왔다. 무거운 마음도 함께였다.


들에서 급한 일을 대강 봐두고 가로미를 보러 재게 돌아오는 저녁 길에 만수는 산지니와 마주쳤다. 만수를 보자마자 산지니는 집으로 빨리 가자는 시늉을 했다. 여린 듯하면서도 날렵하고 강해 보이는 산지니를 쳐다보자 만수는 얼굴이 빨갛게 달아올랐다. 길고 검은 머리칼을 잘 빗어 성글게 땋은 결에 검고 푸른 강물이 흐르는 것 같았다.

만수는 가슴이 쿵 내려앉았다. 나에게도 샘물이 하나 있지. 그곳으로부터 나온 물이 가슴 구석구석을 적시면서 흘러 어느 날 내 눈가까지 차올라 물기 많은 젖은 눈으로 세상을 보게 하는 그런 샘물……

앞서가는 산지니 뒤를 주춤주춤 따라가며 만수는 저녁 무렵의 이 들길이 왠지 세상에서 가장 아름다운 한 줄처럼 느껴졌다. 산지니는 머리칼을 명주 끈으로 묶고 있었는데 만수는 왠지 저 머리칼에 빛깔 고운 머리끈을 하나 가지게 하고 싶었다.

'내가 왜 이러지?'

집으로 돌아와보니 부엌에서 고소한 기름 냄새가 났다. 마나님이 민들레 뿌리를 기름에 튀기고 있었다. 만수는 오랜만에 사람들로 북적거리는 집이 너무나 좋아 씻을 생각도 안 하고 마당에 털퍼덕 주저앉기부터 했다.

"저 방 아궁이에 불 좀 지펴. 우리 내외 오늘 여기에서 자고 갈 터이니."

만수는 신이 나서 얼른 엉덩이를 떼고 일어나 뒤뜰로 가더니 삭정이를 한 품 가득 안아 왔다.

"나 쪄 먹으려고 그렇게 많이 들고 오나?"

초의 영감이 짐짓 농담부리를 하자 만수는 뛰어가며 말했다.

"좋아서요."

만수는 아궁이 앞에 퍼질러앉아 홍홍거리며 불을 피웠다. 잠시 후 마른 삭정이에 불이 붙어 타닥타닥 타기 시작했다. 불꽃들이 어떤 때는 붉은빛을 둥글게 어떤 때는 길게 만들고 있었는데 만수의 그림자도 불빛에 따라 둥글어졌다 길어졌다 하는 것이 꼭 춤의 동작 같았다.

　언제 왔는지 늘메가 옆에 나란히 앉았다. 늘메는 만수가 손에 들고 있던 부지깽이를 빼앗더니 불을 들쑤셨다. 그 바람에 불꽃이 확 일어 만수의 얼굴이 빨개졌다.

　"산에 갔다 오니까 좋으니?"

　늘메가 고개를 끄덕이며 만수에게 기댔다.

　"봄이야, 벌써 산은."

　"많이 예뻐졌겠구나, 산은."

　"난 산에 대해선 언제나 할말이 많아. 그래서 이름도 늘메잖아, 늘 산이라고."

　늘메의 이름을 짓던 날 늘 산같이 고요하고 튼튼해야 한다, 말하던 형님의 얼굴이 떠올랐다. 만수는 코끝이 시큰해졌다.

　"가로미 이름은 밭을 갈다, 라는 뜻을 가진 옛날 말이야.

좀 걸어야 밭도 갈고 산에도 갈 텐데 말이야."

"가로미는 왜 못 걷는 거야?"

"옛날에 사고가 났는데 너무 무서운 일을 당해서 겁이 크게 생긴 거래."

"겁? 나랑 똑같네. 나두 산밑에 내려오는 게 겁나서 내려오지 않으려고 도망도 갔었거든."

"도망?"

"응 하루 만에 붙잡혔지만, 산지니한테."

"늘메도 겁 있니?"

"난 하루에 산을 다섯 번도 여섯 번도 오를 수 있어. 늑대 정도는 맨손으로 도망가게 할 수 있어. 그런데 산밑에 내려오면…… 겁이 너무 나."

"나중에 학교에도 가야 할 텐데?"

순간 늘메의 얼굴이 딱딱하게 굳어졌다.

"난 학교 안 갈 거야."


그날 저녁 가로미는 처음으로 맛나게 밥을 먹었고 늘메가 가져온 산꿀을 먹었다. 일주일 사이에 너무 여위어버린 가로미는 꼭 몸 아픈 병아리 같았다.

"가로미 낫거든 늘메야, 너 가로미 데리고 산에 한번 갔다
오련?"

고운 영감이 늘메에게 물었다. 늘메는 아무 말 없이 가로
미를 쳐다보았다. 그 말을 들은 가로미는 숫제 이불 속으로
머리를 숨겨버렸다.

"늘메가 업고 가면 되니까 좀더 나으면 산에 보내게. 알았
는가!"

고운 영감이 만수에게 다짐하듯 말했다. 그러나 만수는
머뭇거렸다.

"걷지도 못하고 먹는 것도 가리고 집 떠나서 잠을 잔 적도
없고 또 매일 저랑만 지내봐서……"

"그래도 보내, 좋은 공부니까."

고운 영감의 대나무 부러지는 듯한 단호함에 가로미는 훌
쩍거리기 시작했다. 만수가 민망한 듯 가로미를 달래자 이
번에는 더 큰 소리로 울었다.

윗목에서 곤줄박이랑 놀고 있던 늘메가 손등 위에 곤줄박
이를 올리더니 가로미에게로 다가갔다. 그러고는 이불을 확

젖힌 다음 새우처럼 옹크린 가로미에게 곤줄박이를 갖다댔
다. 곤줄박이는 부리를 날개에 묻고 이리저리 머리를 흔들
며 제 날개를 부드럽게 쪼아대고 있었다.

놀란 가로미가 더 크게 울음을 터뜨리고는 다른 쪽으로
돌아누웠다. 다시 늘메가 돌아누운 쪽으로 엉거주춤 가서
가로미의 눈앞에 곤줄박이를 내려놓았다.

"봐, 이 새 좀 봐."

늘메가 가로미의 어깨를 가만히 흔들었다. 울기를 멈추긴
했지만 가로미는 꼼짝도 않았다. 곤줄박이는 가로미 눈앞에
서 부리로 상처난 날개를 부드럽게 어루었고 늘메는 엄마
같은 따뜻한 눈으로 곤줄박이를 바라보았다.

"이것 보라지. 예쁘지? 가로미야 참 예쁘지?"

가로미가 슬며시 눈을 떴다. 눈앞 가득 곤줄박이의 날개
가 보였다. 자세히 보니 피가 묻어 있었고 부들 꽃가루가 발
라져 있었다. 잠이 오는지 곤줄박이의 눈이 반쯤 감겨 있었
는데 그래도 짧은 몸을 옴싹거리며 내내 쪼는 시늉이었다.

"이 새 이름이 뭐라구?"

"곤줄박이. 날개가 조금 찢겼어."

가로미는 곤줄박이를 한번 만져보려고 손을 뻗다가 얼른 치웠다. 겁이 나는 모양이었다. 늘메가 가로미의 손을 잡고 곤줄박이의 머리 위에 올려주었다.

"괜찮아, 만져도."

가로미가 손가락으로 곤줄박이의 머리 꼭대기에서 뒷목까지 나 있는 검정 깃털을 주르르 훑어내리며 쓰다듬기 시작했다.

"이 새는 뒤쪽이 검은 댕기를 맨 것만 같구나."

늘메가 손등 위로 튀어오르는 곤줄박이를 쓰다듬으며 구구구구…… 구구구구…… 곤줄박이의 가슴을 손가락으로 가볍게 튀기며 또 구구구구…… 구구구구……

"이 새를 날려주러 나랑 산에 가자. 산지니도 나도 널 업어줄 거야."

"산, 무서워."

가로미가 기어들어가듯 말했다.

"산, 무서워."

가로미의 말투를 늘메가 그대로 흉내냈다.

"따라 하지 마."

"따라 하지 마."

"삼촌, 늘메 좀 못하게 해요."

"삼촌, 늘메 좀 못하게 해요."

"너, 그럴래?"

"너, 그럴래?"

늘메가 또르르거리며 웃었다.

"산에 가면 이렇게 된다. 내가 여기서 야, 늘메야 하면 저기서 야, 늘메야 하고 나, 무서워요 하면 따라서 나, 무서워요 한다. 나 옛날에 많이 했다. 엄마, 어디, 갔어, 하면 따라서 어어엄마아아, 어디이, 가가가아았어 하고 늘메는 혼자다, 하면 늘메는 혼자다, 하고."

이불을 슬며시 눈 아래까지 끄집어당기며 가로미가 가만히 늘메를 쳐다보았다. 늘메가 바싹 가로미 코앞에까지 다가앉았다.

"같이 가서 해보자."

"나중에 나 낫고 나면 그때 한번 해볼래."

그러나 봄이 오고 산과 들이 한창 따뜻할 때가 되어도 가로미는 좀처럼 낫질 않았다. 내내 이불 속에 누워만 있었다.

자다 깜짝 놀라 깨어서는 울기를 반복하는 나날이었다. 만수는 가끔 아침에 가로미의 이불 호청을 뜯어내어 맑간 물에 헹구어야 했다. 가로미가 종종 이불에 오줌을 쌌기 때문이었다. 가로미는 늦게 일어나고 늦게 잠이 들었다. 밥상 앞에서는 고양이만큼만 먹고 이따금 마루에 나와 축 처져서는 고양이처럼 졸았다.

잃어버린 게 있어서 슬픈 거지

마당을 나서면 바라보이는 저쪽 영산에 뿌옇게 연록빛이 올라 어디 새살 돋은 듯했다. 늘메와 산지니는 이삼 일 정도는 산에서 보냈고 고운 영감은 여전히 집안에서만 있었다.

가로미에게 들른 초의 영감은 약초 말린 것을 종류별로 조금씩 가지고 와서는 그 쓰이는 데를 설명해주었다. 가로미는 힘없이 옆으로 기대앉아 잘 듣고 입으로 조그맣게 따라 했다. 그러다 가끔씩 되묻곤 했다.

"왜 이렇게 약초마다 쓰이는 데가 다 달라요?"

가로미가 이런 물음을 할 때마다 초의 영감은 사마귀수염을 쓰다듬으며 좋아했다.

"너는 왜 가로미고 늘메는 왜 늘메냐? 사람마다 생긴 모양, 생각하는 것이 다른 거랑 같은 이치지. 봄에 자라는 것, 여름에 잎을 내는 것, 가을에 꽃을 피우는 것, 겨울까지 푸르게 자기 잎을 지니고 있는 것. 계절마다 햇빛과 바람과 땅의 기운이 다 달라. 세상에는 참 많은 풀이 있고 하나같이 다른 성질을 가졌지."

"할아버지, 나 같은 못난이도 사람들에게 약을 잘 지어줄 수가 있을까요?"

"그럼. 아픈 사람이 남의 병도 알아보는 것이여. 그래야 따뜻한 약이 나온단다. 마음이 차가우면 약도 차가운 약이 나오지. 그런 약은 약이 아니라 독이란다. 너 사람 잘 고치는 그런 사람이 되고 싶은 거냐?"

초의 영감이 이렇게 묻자 가로미는 눈을 아래로 떨구고 고개를 흔들었다.

"아뇨, 그런 건 아니예요. 그냥 아픈 사람 보면 가슴이 아파요. 아마 몸이 아파서 아픈 게 아니라 마음이 몸을 아프게 한 것 같아서요."

"그래 네 말이 옳아. 몸을 고치는 일은 결국 마음을 고치는 일이거늘……"

저녁 무렵 바쁘게 일을 마치고 헐레벌떡 집으로 돌아가고 있을 적에 만수는 우물에서 물을 긷는 산지니를 보고 문득 걸음을 멈추었다. 저녁노을 속에서 물을 긷고 있는 산지니는 어쩐지 애달프고 슬퍼 보였다. 가는 팔목에 가끔 민들레 꽃팔찌가 둘려 있었는데 산지니는 우물물을 길어올리다가 그 꽃팔찌를 번번이 우물 속으로 빠뜨렸다. 산지니가 아쉬운 듯 우물 속을 한참 들여다보다가 부엌 쪽으로 가면 만수는 우물로 뛰어와 구부정하게 몸을 구부린 채 그 속을 들여다보았다. 저녁 해가 지고 있어서 잘 보이지는 않았지만 우물 가장자리에 파랗게 돋아 있는 물이끼 곁을 민들레 노란 꽃잎은 물그림을 그리며 떠다니고 있었다. 만수는 숨이 막혔다. 보일 듯 보이지 않게 저 깊은 우물을 떠돌고 있는 여린 노란 꽃잎이 산지니같이만 느껴졌기 때문이었다.

한동안 봄비가 왔다. 만수는 그 봄비를 뽀얀 비라고 불렀다. 막 모를 낸 논이며 모종을 옮겨놓은 밭이며 산이며 이

봄비 그치면 온 들판과 강이 아기 젖살 오르듯 통통해질 것을 알기에 하는 말이었다.

아닌 게 아니라 봄비가 그치자 세상은 어디에다 그런 푸른빛을 감추고 있었는지 자다가 깨어나서 나가보면 한아름씩 푸른 영산이 푸른 들이 다가들곤 했다.

가로미도 천천히 기운을 차렸다. 어느 날은 마루에 나와 만수가 떠다 준 우물물로 푸와거리며 세수를 할 적도 있었다. 물에 젖은 얼굴로 영산 쪽을 바라보면 한달음에 그곳까지 갈 수 있을 성싶기도 했다.

그 무렵 고운 영감은 읍내 나들이를 서두르고 있었다. 혼자만이 아니라 몸이 나아가는 가로미와 늘메를 데리고 가려했다. 만수는 신이 나서 경운기에다가 바퀴 의자를 실어놓고 고운 영감과 늘메를 위해서 고운 짚단을 경운기 위에 깔아놓았다. 약속한 날 아침 고운 영감과 늘메는 약속한 시간보다 조금 늦게 가로미네로 내려왔다. 가로미가 먼저 경운기 위에 앉아 있다가 늘메를 보고는 반짝거리며 웃었다. 늘메는 본 척도 안 하고 경운기 위에 올라가는데 눈이 통통 부어 있었다. 그 모양을 보고 고운 영감이 껄껄 웃었다.

"저 녀석, 골이 단단히 났구나. 오늘 아침 읍내 안 간다고 떼를 쓰기에 나한테 싫은 소리 좀 들었지."

경운기는 마을을 향해 털털거리며 나아가기 시작했다. 마을 어귀를 벗어날 때까지도 늘메는 오도카니 앉아 말이 없었다. 슬금슬금 곁눈질로 늘메를 살피던 가로미가 늘메의 눈치를 보다 이렇게 말했다.

"늘메야, 나비다, 나비야."

언제 따라왔는지 노랑나비 한 마리가 경운기 주변을 서성이며 폴랑거렸다. 짤랑짤랑 가벼운 이파리 같은 날개에 은전 같은 부신 햇살을 가득 담고 나비는 이리저리 요리조리 날아다녔다. 나비를 보자 늘메는 벌렁 드러누워서는 실눈을 하더니 나비 가는 쪽을 바라보았다. 개나리 노란 꽃그늘 아래 가지런히 놓여 있는 꼬까신 하나 아기는 사알짝 신 벗어놓고 맨발로 한들한들 나들이 갔나.

"늘메야, 아가는 어디로 갔을까?"

노래를 부르다 말고 가로미는 늘메를 향해 말했다.

"아기는 어디로 갔을까. 내 꼬마 동생 아기는?"

순간 늘메가 일어나 가로미를 쳐다보았다.

"너, 꼬마 동생 있었니?"

"응, 지금은 없어졌어. 근데 어디엔가 있대."

"어디엔가? 나도 오빠가 있다는데, 어디엔가."

"노래처럼 이렇게."

가지런히 기다리는 꼬까신 하나.

"너, 이렇게 기다리니?"

늘메는 경운기 난간에 턱을 고이고 먼 영산 쪽을 바라보았다.

"난 빨리 산에 가고 싶어."

만수가 경운기 앞에서 뒤를 돌아보며 말했다.

"꼬까신처럼 기다리는 건 나야!"

고운 영감도 한마디 거들었다.

"꼬까신처럼 기다리는 건 나일세. 꼬까신처럼 얌전하게 누구 기다리기 그거 어디 쉬운 일인가."

가로미는 또 노래하기 시작했다. 개나리 노란 꽃그늘 아래 가지런히 놓여 있는 꼬까신 하나. 늘메도 같이 노래하기 시작했다. 아기는 사알짝 신 벗어놓고 맨발로 한들한들 나들이 갔나 둘이 같이 가지런히 기다리는.

94

"그러니까, 그러니까, 꼬까신 하나."

경운기는 읍내 사거리 앞머리를 꺾어 들어갔다. 만수는
세 사람을 내려놓고 이내 경운기를 돌려 집으로 향했다. 읍
내엔 세 사람만 남았다. 읍내에 들어오자 늘메는 풀죽은 부
추처럼 힘이 없더니만 사람들이 분주하게 오가는 것을 불안
하게 쳐다보면서 손을 주먹 쥐었다 폈다 하곤 하였다.

잠시 후 초의 영감이 왔다. 고운 영감과 함께 읍내 찻집으
로 들어가면서 초의 영감이 늘메와 가로미에게 흥이 나서
말했다.

"니네들도 따라 들어와라. 오랜만에 이렇게 모였으니 뭐
라도 마셔야지."

"커피 둘, 그리고 뜨거운 우유 둘, 설탕 듬뿍 넣어서."

사마귀수염을 한번 잡아당기며 초의 영감이 말했다.

"그리고 노래 좀 바꾸자. 〈목포의 눈물〉 없냐? 이난영씨
걸로."

"늘메야, 이 노래 잘 들어봐라. 이 노래는 어른들 노래지
만 노래 속에 얘기가 있단다."

사공의 뱃노래 가물거리면 삼학도 파도 깊이 스며드는 데……

　"노래가 슬퍼요. 저 사람 목소리가 슬퍼요."

　부두의 새악시 아롱 젖은 옷자락 이별의 눈물이냐 목포의 설움.

　"세상의 아픔을 다 겪은 사람, 설움 많은 사람, 그 사람이 눈물로 부르는 노래 같지? 우리가 어려울 때 우리 마음이 상해 있을 때 우리가 노래에 마음을 기대게 되는 이유란다."

　고운 영감이 못마땅한 듯 초의 영감의 옷소매를 잡았다.

　"저건 너무 슬퍼서 안 돼. 저 노래는 슬픔만 계속 크게 만드는 거야."

　가로미도 늘메도 무슨 얘기인지 잘 알 수가 없었다. 목포에 살던 새악시가 왜 부두에 나와 우는 건지 딴딴딴딴 따라라라딴딴 딴딴이 맴돌다 흐르다 다시 휘어 감고 가는 노래의 치마폭에 싸여 왜 저 여자 가수는 흐느끼듯 노래를 하는 건지.

　"아파서, 몸이 아프니까……"

"아니 가로미야, 저 사람도 무언가 잃어버렸나봐."

늘메는 우유에 입도 대지 않았다. 비려서 못 먹겠다고 하고서는 의자에 기대어 눈을 감았다.

"산에서도 그랬어. 작년에 무당새가, 그러니까 산에서 말야, 새끼들을 다 도둑맞았어. 나하고 산지니가 아무리 찾아도 없었어. 근데 나 봤다. 무당새가 밤늦게 둥지 근처에서 울고 울고 또 우는데 나도 그 옆에서 펑펑 울었어. 마음이 너무 상해서 밥도 못 먹었어. 할아버지, 기억나죠?"

고운 영감이 고개를 끄덕거렸다. 늘메가 눈을 감았다. 그 밤…… 무당새가 또르르또르르 또또르르 울고 울고 또 울던 그 밤.

찻집 문이 열리고 웬 남자가 두리번거리다 고운 영감을 찾아내고는 멀쩍이서 눈인사를 했다.

"늘메야, 가로미랑 읍내 한 바퀴 해라."

늘메가 가로미의 바퀴 의자를 밀면서 나가자 고운 영감이 뒷모습을 한참 동안 쳐다보았다.

"잃어버린 게 있어서 슬픈 거지. 그 말이 맞지."

"아이들도 말이야, 가만히 생각해볼 줄 알아야 해. 내가

왜 이런 마음인가 하고. 생각하기가 제일 좋은 마음 치료법
이다."

"심했네 이 사람아. 나는 저 아이들이 이제 더는 슬퍼지지
않도록 기도하고 또 기도한다네."

주저주저하던 남자가 겸연쩍게 자리에 앉았다.

"제가 일찍 왔죠, 선생님."

"아닐세. 그사이 별일 없었나."

"선생님은요?"

"나는 그냥 뭐 그 향비파만 들여다보고 있었네. 내가 벙어
린지 향비파가 벙어린지 씨름중일세."


읍내에는 장이 서서 북적거렸지만 늘메와 가로미는 햇빛
아래 오도카니 괜히 쓸쓸하였다. 늘메가 바퀴를 천천히 밀
며 앞으로 나가는데 가로미는 도통 말이 없었다.

"우리 그냥 집으로 갈까? 약방에 들러서 할머니한테 간다
고 말하면 될 거야."

"그러자. 우리 얼른 집으로 가자."

늘메가 약방 앞에 바퀴 의자를 세워두고 뛰어들어갔다.

혼자 남은 가로미는 약방 문 앞에 새로 기구를 갖다놓고 가
게를 벌이고 있는 솜사탕 아저씨를 보았다. 동그란 양철통
을 빙빙 돌리며 아저씨가 설탕을 한 숟갈 집어넣을 때마다
설탕은 금방 구름 같은 뭉치 실이 되어 작대기에 붙었다. 뭉
게뭉게, 뭉게뭉게. 아저씨는 솜사탕이 하나 만들어질 때 작
대기를 양철통 가장자리에 꽂아두었다. 은빛 설탕 가루가
저렇게 뭉치 실이 되는 것이 아무래도 신기해서 가로미는
자꾸만 쳐다보았다.

"뭘 보니?"

늘메가 약방에서 나오며 가로미를 툭 치자 가로미가 솜사
탕을 가리켰다. 늘메가 가까이 다가가 한참을 쳐다보다가
가로미에게 되돌아왔다.

"나 저거 하나 갖고 싶어."

가로미는 주머니를 뒤지다가 난처한 얼굴이 되고 말았다.

"나 돈 없어."

"돈?"

"저기 봐. '구름 같은 분홍 솜사탕 하나에 오백 원'이라고
씌어 있잖아."

늘메도 난처한 표정이 되고 말았다.

"내가 갖고 싶은데 꼭 돈이 있어야 되니? 이거면 안 될까? 내가 제일 좋아하는 것 중에 하난데."

늘메가 주머니에서 청딱따구리 깃털을 하나 꺼냈다.

"작년에 청딱따구리가 줬어. 내가 다리를 고쳐줬거든."

"이건 안 돼."

"왜?"

"이건 돈이 아니잖아."

"이건 청딱따구리가 정말 고맙다고 소중한 자기 어깨 깃털 하나 준 건데, 마음으로 준 건데, 이건 나하고 청딱따구리 사이에서 제일 소중한 건데두?"

"저건 오백 원이야. 청딱따구리 깃털이 아니라구."

늘메의 얼굴에 노여운 빛이 자물거리며 올라왔다.

"넌 오백 원에 대해서 아니?"

"그건 동전이야. 동그래. 그리고 은빛이고. 언제 만들어졌는지 날짜가 찍혀 있고 사람들은 그걸 다 가지고 있어."

"넌 네가 기억하는 마음에 남는 오백 원 동전이 있니? 너에게 중요한?"

"없어."

"그렇다면 청딱따구리 깃털이 더 중요한 거야. 가서 이걸루 저거 하나 갖겠다고 말하면 아저씨가 줄 거야."

늘메가 솜사탕 아저씨 쪽으로 가더니 이내 맨손으로 돌아왔다. 고개를 푹 숙인 늘메였다.

'늘메야 그건 읍내에서는 안 돼, 산에서만 되는 거야. 읍내에서 사는 건 그냥 그런 거야. 저번에 삼촌이 경운기 살 때 모자라는 돈을 만들려고 읍내 공사장에서 일을 했어. 그러다 어깨를 다쳤는데 삼촌이 아파서 밤에 잠을 못 자고 끙끙댈 때 내가 얼마나 울었다구.'

늘메가 두 손으로 얼굴을 감쌌다.

"집에 가자, 늘메야."

"왜 그렇지? 왜 청딱따구리 깃털은 안 되는 거지? 그건 소중한 건데."

'바보 늘메, 아니다, 바보 늘메가 아니다. 그렇다면 누가 바보지?'

늘메가 일어나 가로미의 바퀴 의자를 밀기 시작했다. 늘메는 말이 없었다. 묵묵히 바퀴 의자만 밀었다.

"가로미야, 넌 뭐하고 싶니?"

"나? 나는…… 너처럼 그렇게 잘하지는 않더라도 딱 한 번만 걸었으면 좋겠어."

두 사람은 어느새 읍내를 빠져나와 집으로 가는 작은 신작로까지 다다랐다.

"난 잘 모르겠어. 사람들은 그냥 잘 있다가 어느 날 아픈데 난 맨날 아파서 건강한 게 뭔지 잘 모르잖아. 그러니까 잘 걸어다니는 게 뭔지두."

"너 크면 풀 옷 할배처럼 약방 하고 싶니?"

"사람 고치는 일, 아픈 사람 고치는 일 하고 싶어. 넌 벌써 의사잖아. 산에 살면서 아픈 새들 다 낫게 해주고."

늘메가 입술을 삐죽였다.

"난 네가 약방 하면 좋겠다. 내가 약초 캐다 주면 넌 잘 말리고 잘 챙기고 그러면 우리 내내 만날 텐데."

늘메가 갑자기 바퀴 의자를 빠르게 밀기 시작했다.

"늘메야, 왜 이래. 천천히 밀어."

"나는 읍내에서는 안 살 거야. 싫어. 산으로 갈 거야."

가로미의 귓가로 바람이 쌩쌩 지나쳤다. 늘메는 버스보다도 빠르게 달렸다. 버스 안에 탄 사람들이 눈이 휘둥그레져서 일제히 창 바깥을 내다보았다.

신작로 옆 들판에는 햇모가 연록의 입술을 제비같이 내밀고 있어 바람이 불 때마다 입술을 달싹거렸다.

"나는 늘메다 너는?"

"난 가로미다."

"나는 산이다. 너는?"

"난 의사다."

바람같이 나는 바퀴 의자 위에 오랜만에 신이 난 가로미가 그뒤에는 늘메가 이제 여름이 오려는 들판에 활동 그림처럼 움직이고 있었다.

이루어진다고 믿으면 이루어져

만수는 올해 부처님 오신 날에는 꼭 연등을 강물에 띄워 보내려 했었다. 가로미와 늘메를 데리고 강물에 다정하게 등을 한번 띄워볼 생각이었다.

그러나 요즘 만수의 가슴속에는 연등보다 더 고운 등불이 하나 켜져 있었다. 그것은…… 산지니였다. 같이 가서 등을 띄워야지 결심하자 만수의 가슴이 뛰었다. 그것은 오랫동안 잊어버리고 있었던 마음의 따뜻함을 되살려주는 빛이었다. 가로미를 혼자 돌보느라 늘메가 자라고 있다는 영산 쪽을 언제나 쳐다보느라 만수는 그런 따뜻함의 빛이 식은 줄도 모르고 있었다.

어느 날 만수는 거울을 바라보았다. 거울 속에는 서른을 훌쩍 건너버린 곰 같은 아저씨 하나가 우뚝 서 있었다. 마음이 왠지 쓸쓸해졌다. 등을…… 그 사람과 애들을 데리고 등을 띄워야지.

그날 저녁은 풍속대로 나물로만 밥을 먹었다. 만수는 틈틈이 만들어놓은 등을 가로미와 늘메에게 하나씩 들려주었다. 작고 가지런한 마늘 알처럼 생긴 연노랑 마늘등이었다. 산지니는 뭘 하는지 부엌에 있었다. 만수는 조심스럽게 부엌문을 열었다.

"뭘 하세요?"

산지니가 가지런히 이를 드러내고 웃으며 내민 것은 녹두앙금을 내려 투명하게 쑨 청포묵이었다. 묵은 투명하다못해 비취색 그늘이 아른거리며 져 있었다. 부엌에서는 미나리 냄새가 화하게 났다.

"등 띄우러 가요. 모두 준비하고 있어요."

산지니가 고개를 끄덕거리며 잠시만 기다려달라는 시늉을 했다. 아마도 청포묵을 무쳐 밤참으로 가져갈 모양이었다.

그날은 늘메가 고집을 부려 가로미를 업었다. 집에서 강으로 나가는 길은 봄으로 푸근했고 신선한 물냄새가 풀냄새에 섞여 향긋했다. 벌써 사람들은 갖가지 등을 들고 강으로 가고 있었다. 만수는 산지니에게 곁에 흑보라 칠을 한 머루등을 하나 건네주고 자기는 연꽃등을 하나 들었다.

"부처님 오신 날에 등을 강물에 띄우면 소원이 이루어진대요."

산지니가 가만히 어둠 속에서 웃었다.

"안 무거워?"

가로미가 늘메에게 머리를 기댄 채 물었다.

"아니. 넌 꼭 깃털 같아. 꼭 오목눈이 깃털처럼 가벼워."

"정말 소원이 이루어질까?"

"이루어진다고 믿으면 이루어져."

산지니는 이 길이 너무도 멀게만 느껴졌다. 산지니가 만수의 옆얼굴을 흘깃 보았다. 산지니도 가로미 삼촌이 자기를 언제나 따뜻하게 쳐다본다는 것을 알고 있었고 그때마다 가슴이 뛰었지만 산을 떠나올 때 엄마가 해준 말이 쓰라리게 떠오르곤 하였다.

'우리 집안은 대대로 영산을 지켜온 매의 집안이야. 인간의 남자를 너무 다정하게 쳐다보지 마라, 애야. 사랑은 너무나 갑자기 너무나 불쑥 찾아든단다.'

산지니는 마음을 굳게 먹으려고 숨을 한번 크게 쉬어보았다. 그러나 울컥 뜨거운 것이 가슴에 차올랐다.

'난 매야. 언젠가 산으로 돌아가서 산을 지켜야 해, 엄마처럼.'

강으로 가는 길이 너무 아름다워서인지 앞으로 산지니가 걸어야 할 길이 멀고 험함이 짐작되어서인지 산지니는 저도 모르게 눈물을 흘리고 있었다.

강물 위에는 누가 띄워놓았는지 연등이 강물 줄기를 따라 흐르고 있었다. 수박등 마늘등 연꽃등 가마등 머루등 항아리등 봉황등 학 거북등 자라등 해와 달등…… 가슴속에 불을 담은 연등은 강물 위에 저의 고운 불을 다 비춰내며 어디론가 멀리멀리 달그림자 별 그림자를 지우며 떠가고 있었다.

"저 연등 좀 봐. 강물이 꼭 꽃밭 같아."

가로미가 환하게 웃으며 떠가는 연등을 향하여 손짓했다.

"자, 우리도 불을 켜야지."

만수는 두 손을 동그마니 모으고 정성스럽게 불을 붙였다. 조용히 세 사람의 연등이 불을 밝히기 시작했다.

"이리 주세요. 제가 불을 켜드릴 테니."

만수가 산지니의 연등을 빼앗듯이 앞으로 가져왔다.

"예쁘죠?"

만수가 수줍게 웃자 산지니는 부끄러움에 불이 켜진 연등 가까이 얼굴을 가져갔다. 어쩜 이렇게 환하고 환할 수가…… 늘메의 등에 업힌 가로미도 등대를 잡고 환하게 켜진 제 등을, 늘메도 가로미를 업은 채 제 등을 쳐다보았다.

"자, 강으로 내려가자."

아련한 물비린내가 흘러가는 강의 물줄기를 따라 넓게넓게 퍼져갔다. 모두 말없이 강기슭에 서서 고개를 숙이고 자신의 등을 한참 바라보았다. 행여 등과 등이 겹칠세라 거리를 두고 천천히 제 등을 띄웠다. 연등이 갔다. 강물 위에 불꽃 그림을 작게 크게 작게 크게 그리며 물결을 지우며 혹은 끄덕이며 갔다.

"너 뭐라고 소원 말했니?"

늘메가 가로미에게 물었다.

"아픈 사람들 다 낫게 해달라고. 그리고 우리 꼬마 동생 잘 지내게 해달라고."

늘메가 멀리멀리 흘러가서 이제 어느 것이 제 것인지 모를 자기의 등을 눈어림으로 짐작하며 말했다.

"나는 영산 다 잘 있으라고. 영산만 잘 있으면 모든 일이 다 잘될 테니까. 삼촌은?"

"글쎄……"

만수는 강물 위에 환한 불집 이룬 듯 흘러가는 연등을 바라보았다. 뭘까, 가슴에 불을 담아 띄우며 소원을 빈다는 건…… 산지니의 눈 가득히 저 소원의 아련한 등불들이 담겨왔다. 나는 내년에 소원이 있을까? 아마도 매의 소원이 있겠지. 산지니는 가슴이 서늘해짐을 느꼈다. 꼭 구십 일을 사람으로 살았다. 그런데 다시 매로 돌아간다 생각하니 왜 이렇게 꿈만 같을까. 산지니는 만수의 얼굴을 떠올렸다. 옆에 서 있는데도 만수는 멀리 흘러가고 있는 연등 같았다.

강기슭으로 올라와 모두 청포묵을 먹었다. 미나리와 김을

구워 만든 바삭한 김 가루로 초장에 버무려놓은 청포묵은 들깨 냄새가 머릿속까지 스며들 만큼 향기로웠다.

강으로는 꽃 같은 등이 계속 흘러내려갔다. 어디로 갈 것인지 아니, 어디로라는 건 전혀 중요하지 않은 물음인 듯 제 갈 길만 부지런히, 그러나 천천히 가고 있었다.


마나님이 뜰에서 약초를 손질하고 있다가 반갑게 만수를 맞았다.

"한창 바쁠 텐데 읍내엔 어쩐 일인가?"

"예, 농협에 좀 들렀어요. 늘메가 어쩌나 힘이 센지 논일이며 밭일이며 쌩쌩 날아다녀요. 그 아가씨도 그렇고."

"우리 영감은 고운 영감한테 댕기러 갔네. 점심 내 금방 차릴 터이니 자시고 가게, 응?"

마나님이 재게 부엌으로 가더니 금방 상을 들고 나왔다.

"올해 누에는 안 먹이는가?"

"웬걸요, 한창 바쁘죠. 아니, 이게 다 뭐예요?"

"단오, 유두 무렵에 나오는 숭어가 시절 음식으로 제맛이 나지. 맛이 있는지 원, 이제 늙은 입맛이 돼놔서."

미나리를 넣고 파랗게 끓인 숭엇국에 숟가락을 넣으며 만수는 싱글벙글거렸다. 한창 맛있게 밥을 먹는 만수를 쳐다보던 마나님이 한숨처럼 말했다.

"자네도 장가를 가야지. 그 허우대에 색시 하나를 못 고르나?"

"뭐 가겠죠."

"맨날 그 소리. 내 그 소리는 자네 스물 때부터 들었네."

만수는 약방에서 나오는 길에 꽃핀을 하나 샀다. 진작부터 사려고 마음먹고 있던 터였다. 연보랏빛 꽃핀을 사서 주머니에 넣었을 때 만수는 주머니 속에 초여름 과꽃 한 송이를 넣은 것 같아서 행여 다칠세라 조심스러운 마음뿐이었다. 또 만수는 종이 봉지 가득 박하사탕도 샀다. 저녁을 먹고 난 아이들에게 줄 생각이었다.

일이 한창 바쁘자 고운 영감은 늘메와 산지니에게 만수의 일을 도우라고 시켰는데 그 덕분에 저녁밥은 매일 함께 먹을 수 있었다.

'숭엇국 혼자 먹어서 그런데……'

곧 유두가 지나면 만수는 인삼 넣은 닭이라도 두어 마리고아다가 고운 영감을 모시고 먹을 작정이었다. 생각만으로 도 만수는 절로 웃음이 났다. 맛깔나게 끓인 호박된장국이 나 계란을 하얀 꽃망울처럼 띄운 수란이나 색색의 야채에 치잣물을 입혀서 김 한 장을 둘러 만든 부침개나 제비처럼 날렵하게 띄운 감자수제비나 또, 또, 보랏빛 물이 돋아나는 갓물김치나 굴을 넣어 아리게 부벼놓은 젓갈이나⋯⋯ 산 지니가 부엌에서 들고 나오는 상은 여름 꽃밭처럼 소담해서 언제나 만수의 가슴을 절로 뛰게 만들었다.

'은행잎이 더 무성해지기 전에 말해야지. 내 사람이 되어 달라고⋯⋯'

말을 못하는 것이 안타까워 속이 탈 지경일 때도 있었지 만 제 처지에 언감생심이란 말이 절로 붙게 하는 이가 산지 니였다. 만수가 집으로 돌아와 방문을 열었다.

"가로미야!"

방안에 있어야 할 가로미가 안 보였다. 뒤뜰에도 없고 대 문 앞도 휑한 것이 어디에도 없었다.

"아무 말도 없이 이 녀석이."

불안해진 만수는 마루에서 서성거리다가 고운 영감네로

뛰어갔다. 먹빛 툇마루에 초의 영감과 고운 영감이 앉아 있었다. 만수가 헐레벌떡 마당으로 뛰어들어오자 초의 영감이 못마땅한 듯 사마귀수염을 만져댔다.

"늘메랑 산에 갔어, 이 못난 위인아. 가로미 병은 자네가 키우지, 키워."

그제야 만수의 얼굴이 환하게 펴졌다.

"병아리 같아서요. 근데, 괜찮을까요?"

"괜찮지 않음 영산이 가로미를 잡아먹기라도 하겠나."


늘메는 가로미를 업고도 가볍게 산을 올랐다. 바람이 지나갈 때마다 나무는 우수수 몸을 떨어 나뭇잎들을 까불까불 찰랑거리게 했다. 늘 바라보기만 했던 산이었다. 늘 말로만 듣던 산이었다. 영산…… 가로미는 영산을 꿈꾸기나 했었지 이렇게 가보게 되리라고는 상상조차 해본 적이 없었다. 저에게는 너무나 먼 산이었다. 영산은 너무 멀어 못 만나는 산이었다.

꽤 오래 걸었는데 늘메는 지친 기색이 아니었다. 가까이 아직 씨를 만들지 않은 흰민들레*가 보였다.

'흰민들레 잎은 위를 튼튼하게 하고 오줌을 잘 나오게 하

고 어머니들에게는 젖을 잘 나오게 한다······'

여름이 몰려오고 있는 숲에 아무도 캐가지 않은 참쑥**이 햇빛 드는 쪽으로 이미 허옇게 세어가고 있었다.

'참쑥은 고혈압에 좋은데 생잎을 따서 물을 넣고 잘 이긴 다음, 헝겊으로 즙을 만들어 짜서 마시면 효과가 좋다.'

푸른 줄기에 좁쌀만한 분홍 꽃이 촘촘히 박힌 질경이***도 보였다.

'질경이는 잎을 달여서 매일 차로 마시면 오랜 기침이나 관절이 붓고 아픈 데 깜짝깜짝 잘 놀라는 데 효과가 있다······'

몇 개의 풀 이름과 그 쓰이는 데를 외우자 힘이 났다. 그동안 가로미가 본 것은 말린 풀이나 이미 약재로 다듬어진

---

*
하얀 민들레 등으로 불리는 국화과의 여러해살이풀입니다. 사월에서 유월까지 흰 빛깔의 꽃이 피지요. 위장병이나 피를 맑게 하는 데 좋은 풀로 알려져 있습니다.

**
뜸쑥으로 불리는 국화과의 여러해살이풀이지요. 우리나라의 들판이나 길가 밭둑에 흔히 자라고 팔구월에 연갈색 꽃을 피웁니다. 흔히 뜸질할 때 쓰이는 약초이고 향기가 좋아 떡으로, 국으로 만들어 먹기도 하지요.

***
길짱귀, 배부쟁이, 뱀조개 등 여러 이름으로 불리는 질경이과의 여러해살이풀입니다. 산이나 들, 길가, 둑이나 축축한 곳에서 흔히 자라지요. 유월에서 팔월 사이에 꽃이 피는데 약재로 쓰이는 풀이기도 하지요.

것들이었다. 잎사귀마다 꽃잎마다 꽃잎 속에 발그라니 숨겨져 있는 꽃술마다 살아서 할딱거리는 것을 보자니 신기해서 가로미는 흥이 나는 듯도 했다.

늘메가 발걸음을 잠시 멈췄다. 지나가던 동고비* 한 마리가 늘메의 어깨 위에 포르르 앉았다.

"가로미야, 잠깐."

늘메가 가로미를 길섶에 내려놓았다. 동고비가 늘메의 어깨 위에서 재재거리며 떠들고 있었다. 늘메가 고개를 끄덕거리더니 다시 가로미에게 와서 제 등을 내밀었다.

"가로미야, 우리 꿀벌 아저씨 만나러 가자."

"꿀벌 아저씨?"

"산에서 꿀벌 키우는 아저씨. 미끄러져서 걷지를 못하나봐. 내가 가봐야 해."

"너 새랑 얘기도 하니?"

늘메가 대답 대신 씽긋 웃었다.

"그거야, 우리는 친구니까."

*
동고비과에 속하는 새이며 우리나라에 흔한 텃새입니다. 숲속에서 박새들과 함께 살며 오래된 나무에 저절로 생긴 구멍에다 알을 낳고, 둥우리 입구는 어미가 출입할 수 있을 정도만 남겨두고 진흙으로 막아두는 영리한 새이지요.

118

꿀벌 아저씨는 천막 속에 누워 꼼짝도 못하고 있었다. 아저씨가 쳐놓은 천막 주변에는 나무 집처럼 작은 벌집이 열 개쯤 널려 있었다. 늘메가 천막을 들치며 생글 웃었다.

"아저씨, 다쳤다며? 미끄러졌구나."

아저씨가 누워서 늘메를 맞이했다. 늘메는 천막 안으로 성큼 들어가 가로미를 내려놓았다.

"가로미야. 산밑에 살어."

아저씨의 다리께를 손으로 짚어나가던 늘메가 안도한 듯 펴진 얼굴로 말했다.

"별거 아냐. 뼈가 좀 어긋났어. 내가 금방 맞춰줄게."

늘메는 꿀벌 아저씨의 다리를 두 손으로 꼭 잡더니 별로 힘들이지 않고 뼈를 맞췄다. 그러자 아저씨가 꽥 하고 소리를 질렀다.

"야, 얼마나 아픈지 눈물이 다 난다."

아저씨는 거뜬하게 일어나더니 이리저리 걸어보았다.

"괜찮아?"

"정말 귀신같이 고쳤네. 하나도 안 아파."

그런데 진짜 이상한 건 멀쩡하게 다 나았다고 하던 아저씨가 여전히 절뚝거리는 것이었다. 가로미가 늘메의 옆구리를 쿡쿡 찔렀다.

"아직 안 나았나봐."

아저씨가 빙긋 웃었다.

"난 원래 소아마비야. 어릴 때부터 가졌던 거야."

"소아마비요?"

가로미가 꿀벌 아저씨의 다리를 가만히 살펴보았다. 그러고 보니 다리 하나가 다른 다리 하나보다 조금 짧은 것도 같았다.

아저씨가 가로미에게로 다가와 눈을 크게 뜨고 물었다.

"넌 늘메 친구니?"

"예."

"그럼 곧 나을 거야. 늘메 친구들은 금방 나으니까, 나처럼."

내가 너를 사랑하니까 너는 내 딸이었어

땅거미가 지기 시작하자 영산에 어둠이 곧 내려앉았다. 늘메는 천막 안에 벌렁 누워 있더니 어둠이 완전히 산을 덮어버리자 살그머니 일어났다.

"가로미야, 우리 오늘 여기서 자자."

"집에 안 가고?"

"난 산이 집이야. 넌 우리집에서 하룻밤도 안 자봤잖아."

꿀벌 아저씨가 바깥에 쑥불을 피우다가 천막 안을 들여다보며 말했다.

"그래라. 저녁때 맛있는 거 해줄게."

잠시 후 늘메는 하늘바위에 갔다 오겠다고 하더니 훌쩍 큰걸음으로 가버렸다.

오도카니 앉아 가로미는 말이 없었다. 꿀벌 아저씨가 천막 안으로 들어오더니 깡통 몇 개를 꺼냈다.

"고등어 통조림이야. 가진 게 없으니 말만 맛있는 거 해준다는 게 되어버렸네. 우리 이거 찌개 끓여 먹자. 감자 껍질 좀 벗겨주련?"

아저씨는 작은 칼과 감자를 가로미 앞에 내밀었다. 가로미는 칼로 감자 껍질을 벗기다가 늘메가 사라진 어둠 쪽을 향해서 한숨을 혹 내쉬었다.

"너, 불안하구나."

가로미는 아무 말 없이 감자 껍질을 벗겨나갔다. 그러다 그만 칼날에 손가락을 베이고 말았다. 살이 뽀얀 감자 위로 가로미의 피가 한 방울 두 방울 그러다가 가로미의 눈물이 한 방울 두 방울……

"넌 왜 못 걷게 되었니?"

"……"

"그건 자꾸 말을 해야 돼. 그래야 속이 후련해져."

124

"……"

"난 말이야, 아마 네 살 때였을 거다. 어느 날 아침에 일어나보니 다리를 못 움직이겠더라고. 그래서 깜짝 놀라 엄마를 불렀어. 근데 우리집은 가난했거든. 이른 아침부터 아버지 엄마가 다 나가서 일했지. 아무도 없는 거야. 윗목에는 밥상만 덩그라니 있고. 온몸에 열이 나더니 비 오듯 땀이 나는데 아무도, 아무도 없는 거야."

가로미가 고개를 들어 아저씨를 쳐다보았다. 아저씨의 눈가에 붉은 불빛이 비춰내는 그늘이 져 있었다.

"저녁, 아니 거의 밤에야 엄마가 왔지. 방안에 들어와서는 죽은 듯이 엎드려 있는 나를 본 거야. 깜짝 놀라서 나를 일으켜세웠는데 나는 꼼짝도 못하겠더라고. 그뒤에 한쪽 다리를 못 쓰게 되었지. 나는 문을 꼭 걸어잠그고 방에만 있었어. 책만 읽었어. 아마. 근데 어릴 때 봤던 책은 그저 그런 책이 아니었어. 길이었어. 세상과 나를 이어주는 길 말이야."

찌개가 끓자 아저씨는 배낭에서 숟갈을 찾아냈다. 그러곤 신문지를 펴 찌개와 밥을 천막 안으로 날랐다.

"너에겐 있니? 그 길이?"

가로미는 밥을 입으로 가져가다 말고 이내 생각을 하더니 고개를 끄덕거렸다.

"뭔데?"

"사람 고치는 사람요. 그냥 의사 아니구 약초루 몸도 마음 도 다 고치는……"

"의사라……"

아저씨는 고등어 토막에서 살을 발라 가로미의 밥 위에 올려주었다.

"밥 많이 먹어. 내가 책에서 읽었는데 옛날 중국에서 살던 편작*이라는 유명한 의사가 이런 말을 했대. 위 속에 밥 같 은 곡식이 많이 저장되어 있는 사람은 오래 산다구. 그 사람 은 또 그랬지. 사람들은 병이 많은 걸 걱정하고 의사들은 치 료할 길이 적다는 걸 걱정한다구. 사람들은 다 병을 가지고 있어. 하지만 의사는 맨 나중에 필요한 거야."

"맨 나중에요?"

---

*
중국의 유명한 의원입니다. 정나라 사람으로, 성은 진씨이고 이름은 월인이지요. 전국시대에 여러 나라를 돌아다니며 사람들을 잘 치료해주어서 이름이 높았으나 그를 시기한 진나라의 이혜라는 의사에게 죽임을 당했습니다.

"우선은 자기치료를 자기가 해야지."

벌집 속에서 벌들이 윙윙거리는 소리가 산 어둠 속에 자욱했다. 내 치료는 내가 해야 한다…… 아저씨가 바깥으로 나가더니 수통에 물을 가득 채워 왔다.

"몸에 좋은 물이야, 마셔."

찌개의 간이 약간 센 탓이었는지 가로미는 목이 말라 수통에다가 입을 갖다대고는 숨도 쉬지 않고 물을 마셔댔다.

"사람들은 다 의사야. 자기가 자기를 고칠 수 있는. 어느 날 우연히 벌을 치면서 알았지. 작기도 하고 크기도 한 벌의 나라에는 사람들보다 더 깊은 사랑이 있단다."

"사랑…… 사랑이 뭐예요? 뭘 사람들은 사랑이라고 해요?"

"사랑이란 자기를 잃는 것을 두려워하지 않는 것 아닐까. 마치 일벌들이 자기의 목숨을 다해 꿀을 모아 꿀벌 나라를 지키는 것처럼."

물 대신 술을 한잔하겠다고 하더니 아저씨가 배낭에서 술 한 병을 꺼내 왔다.

"산은 좀 추우니까."

아저씨는 술병을 들어 크게 한 모금 들이켰다.

"나라고 그 사랑이라는 걸 어떻게 알겠니. 살면서 조금썩 조금썩 배워나갈 뿐이지."

늘메가 하늘바위에 올라갔을 때 지킴이는 둥지에 혼자 누워 있었다. 얼마간 어떻게 아팠는지 지킴이의 가슴에는 갈 빛 깃털이 반쯤은 뜯겨나간 듯했다.

"엄마, 이게 뭐야, 이게."

늘메가 혼자 누워 있는 지킴이를 향해 안타깝게 말했다.

"혼자, 이게 뭐야."

"아무 일도 아니다, 늘메야. 그냥 조금 아팠다니까."

하늘바위 둥지 위로 칼바람이 드세게 들이치고 있었다. 늘메와 산지니가 떠나온 이후로 그 둘 대신 지킴이의 외로 움이 둥지를 가득 메운 듯했다. 지킴이가 늘메에게 가까이 다가오라고 하더니 고개를 푹 떨구었다. 힘이 없는 모양이 었다.

"늘메야, 불을 좀 피워주련?"

늘메는 지킴이의 말대로 서둘러 불을 피웠다.

"여름인데도, 이렇게 춥구나."

불을 피워 환해진 주변을 늘메가 천천히 둘러보았다. 눈물이 왈칵 솟아올라 늘메는 눈을 크게 떠보았다. 지킴이는 몰라보게 수척해 있었다.

"아픈데 왜 그러고 있었어. 부르면 나나 산지니가 금방 달려올 텐데."

지킴이는 말없이 따뜻하게 타오르는 불을 바라보고 있었다. 퍽 야위어 있었으나 지킴이의 눈만은 어둠 속에서도 빛이었다.

"늘메야, 넌 아니? 할아버지가 뭘 하시는지."

"그냥 방안에만 있어."

"어려우실 게야. 하나하나 다 하시려면. 아마도 그건 세상에서 제일 소중한 걸 거다. 잃어버린 걸 다시 찾으려고 하는 거니까."

늘메는 알 수가 없는 말이었다. 방안에 틀어박혀 있는 고운 영감이 무엇을 하고 있는지, 왜 지킴이가 이런 말을 하는 건지. 그러나 언제나 그랬듯 지킴이가 하는 말을 가만히 듣는 늘메였다.

"곧 산지니에게 어려운 일이 닥칠 거다. 늘메야, 이리
온."

지킴이가 늘메를 꼭 껴안았다.

"그때가 오면 늘메야, 네가 산지니를 잘 도와줘야 한다."

"엄마, 도대체 무슨 일이야. 왜 곧 떠날 것처럼 말하는 거
야."

"늘메야, 만일 산지니가 산으로 돌아오지 않겠다고 해도
너는 혼자서라도 산으로 돌아올 수 있겠니?"

"왜? 산지니가……"

"누구든 산은 지켜야 하니까. 어쩌면 늘메야, 네가 이 산
을 지켜야 할 수도 있어."

힘이 빠진 지킴이가 드러눕자 늘메는 마른나무들을 몇 개
더 주워와 불을 더 세게 지폈다.

"네가 이 하늘바위에 처음 왔을 때부터 나는 이런 일들을
짐작하고 있었단다. 그런데도 지금은 무섭고도 두렵구나."

늘메는 무릎에 턱을 고이고 한참을 불 앞에 앉아 있었다.

"엄마는…… 혹시 알어, 내 오빠?"

"궁금하니?"

"모르겠어…… 그런데 궁금한가봐. 나중에 내가 산으로 다시 돌아온다고 해도 알고는 싶어. 진짜로. 사람들이 물어볼 때는 아니라고 했지만."

"늘메야, 내가 너를 사랑하니까 너는 내 딸이었어. 아마 그것하고 똑같을 거야. 네가 사랑하는 사람이 네 오빠지. 네가 산지니를 사랑하니까 네 자매인 것처럼."

늘메는 지킴이에게 다가가 지킴이의 날개를 쓰다듬기 시작했다. 이 날개의 품은 얼마나 고요하고 따뜻했던가. 숨바꼭질할 때 그 어떤 술래도 찾지 못할 것 같았던 아득하고 깊은 품. 지킴이가 몸을 뒤척이며 고개를 들어 늘메를 애달프게 바라보았다.

"내려가라 늘메야. 그리고 둘이 함께 보름 후에 올라오너라. 아마도 그때쯤이면 내가 너희들에게 할말이 있을 거야."

하늘바위 위로 달이 떠올랐다. 달빛은 하늘바위에 금빛을 뿌려놓더니 구름 뒤로 살며시 숨어버렸다. 지킴이가 내려가라고 했지만 늘메는 한참을 하늘바위에 머물렀다. 이상하게도 참으로 아픈 일이 또 일어날 것만 같았다.

지킴이는 눈을 꼭 감고 꿈쩍도 하지 않았다. 그렇게 오래 오래 가만히 있었다. 이미 또다른 하늘바위가 된 것 같았다.

대문 앞에서 산지니를 막상 마주치면 만수는 말문을 잃고 그 자리에 멈추어버리곤 하였다. 들에 나가려는지 산지니는 수건으로 머리칼을 가리고 있어 드러난 푸르고 흰 이마가 고왔다. 만수는 어색하게 머뭇거리다가 결심을 한 듯 산지니의 손을 잡고 은행나무 쪽으로 가는데 꼭 성이 난 사람 같았다.

은행나무는 손바닥 같은 이파리를 무성하게 달고 바람이 지나갈 때마다 일제히 바람을 향해 손을 흔들어댔다. 막상 은행나무까지 왔지만 만수는 어떻게 말을 해야 할지 몰라 헛기침만 자꾸만 해댔다.

"들일 힘들지요? 올해는 벌레가 유난히 많다구 어르신들이 그러셔요. 아무리 해로운 벌레라지만 전 벌레 잡이 할 때마다 꼭 죄짓는 것 같아서요."

산지니가 산딸기처럼 붉어진 목덜미로 얌전히 서 있었다. 만수는 주머니 속의 머리핀을 만지작만지작했다. 몇 번을 망설이던 만수가 주머니 속의 머리핀을 꺼냈다. 그러곤 산지니의 손목을 잡더니 손바닥을 펴 그 위에 머리핀을 올려주었다.

"이거 꽂아봐요. 머리칼이 기니까……"

산지니가 얼굴을 붉힌 채 머리핀을 들여다보자 만수의 가슴에서 싸하고도 쌉쌀한 박하 냄새가 났다.

"들에 일이 많아서 이만 가볼게요."

산지니는 손에 든 머리핀을 만지작거리며 그런 만수의 모습을 한참 바라보았다.

'다정한 말 한마디 제대로 하기 힘든 사람……'

산지니는 눈이 시어질 때까지 만수를 바라보았다. 바람에 은행잎들이 우수수 우수수 노래하고 있었다. 여름이에요, 저 뜨거운 햇빛 아래 곡식이 익어가고 과일들은 과수원에서 단맛을 꿀벌들은 꽃들 사이로 사람의 마을은 바빠 저 고양이도 삽을 들었네, 노래하고 있었다.

'아, 사람이 되고 싶다. 사람이……'

산지니의 볼 위로 눈물이 뚝뚝 흘러내렸다.

'곡식 키우며 저녁이면 사람을 기다리는 사람의 여자가

되고 싶다.'

산지니는 은행나무에 머리를 기댄 채 그 자리에 서서 오
랫동안 울었다. 여름이 지나고 가을이 지나고 겨울이 오면
산으로 들어가 다시 매로 살아야 하는 산지니. 산지니는 그
날따라 산속에 홀로 있을 엄마가 더욱 그리웠다.

'나의 이런 마음을 엄마가 안다면……'

아마도 정말 마음 아파할 것 같았다.

'엄마는 혼자서 어떻게 매의 세월을 살았을까. 그 외롭고
쓸쓸한 세월을……'

산지니가 마루에 앉아 자주 영산 쪽을 바라보았지만 늘
메는 차마 지킴이가 몹시 아프다는 말을 하지 못했다. 보름
후 지킴이가 정해준 그날 산으로 올라가면서 말하리라 생
각했다. 대신에 늘메는 고운 영감이 방안에서 뭘 하는지 그
것이 지킴이 말대로라면 왜 중요한지 알고 싶어 견딜 수가
없었다.


어느 날 밤 늘메는 잠을 자지 않고 시간이 좀더 흘러가기
만 기다렸다. 이윽고 새벽이 밝아오자 늘메는 자리에서 일

어났다. 문을 열고 나가보니 고운 영감의 방에 불이 들어와 있었다.

늘메는 고운 영감의 방문 앞에 가만히 앉았다. 방안에서는 아무 소리도 들려오지 않았다.

"할아버지."

작은 목소리로 늘메는 고운 영감을 불렀다.

"아직 안 잤더냐?"

"지금 깨었어요."

"들어오너라."

방문을 열고 늘메가 방으로 들어가자 고운 영감은 아랫목에 널려 있던 책을 치우며 자리를 만들어주었다. 발을 아랫목에 집어넣으며 늘메는 조심스럽게 고운 영감과 방안을 살펴보았지만 여기저기 널려 있는 옛날 책 외에는 별다른 게 없어 보였다.

"할아버지, 엄마가 아파요."

"알고 있단다, 늘메야."

고운 영감은 버릇대로 눈을 지그시 감았다.

"며칠 전에 혼자 산에 갔다 왔느니라."

그러곤 한참을 말이 없었다.

"엄마는…… 저렇게 아픈데두 아무 말 않고. 꼭 엄마가 멀리 가버릴 것 같아요, 할아버지."

고운 영감이 며칠 전 산에 갔을 때 지킴이는 이미 세상에서 지낼 날이 얼마 남지 않은 것을 알고 있는 듯했다. 이만하면 오래 복되고도 열심히 산 것이지요…… 지킴이는 쓸쓸하게 말했다. 늘메가 다녀갔어요. 제가 늘메에게 얼마간 이야기를 해주었어요. 만일 산지니가 산에 돌아오지 않는다면 네가 대신에 이 산을 지켜야 할 거라고. 저도 알지요. 사람의 딸에게 그런 말을 한다는 건……

"할아버지, 근데 뭘 하고 계셨어요?"

눈치를 살피며 늘메가 묻자 고운 영감은 대답 대신 윗목에 얌전하게 놓여 있던 상자를 가져와 열어 보였다.

"이건 향비파란다. 노래하지 못하는 악기지. 소리를 잃어버린 악기지."

향비파…… 늘메가 조그마하게 입으로 따라 발음해보았다.

"향비파……"

"늘메야, 이 악기 곱게도 생겼지? 아주 오래된 거란다. 우리가 태어나기도 훨씬 전에 누군가가 이렇게 정성스럽게 만들어놓았지. 소리, 아름다운 소리, 잘 내어보라고. 그런데 할애비가 아무리 소리를 내려고 해도 정성이 부족한지 묵묵 대답이 없구나."

'어디 소리가 한 사람의 손과 마음으로 이루어지나요. 모두가 한마음이 되어야죠. 어쩌면 향비파의 줄 속에는 소리가 없고 줄 바깥에 소리가 있을지도요. 그때가 되면 줄 바깥의 소리를 듣고 매가 사람이 될지도요······'

어디선가 지킴이의 말이 들리는 듯했다. 지킴이는 수수께끼 같은 말을 되풀이했다. 줄 바깥에 소리가 있다니. 줄을 켜야만 소리가 나는 악기인데 줄 속에 소리가 없다는 건 무슨 수수께끼일까. 사방을 두리번거리던 고운 영감은 답답해서 가슴이 터질 노릇이었다.

"소리를 찾고 계셨어요?"

"어디 소리뿐이겠냐. 잃어버린, 그리운 사람 찾듯 저 멀리 있는 마음들이 가깝게 돌아와야 하는데······"

늘메가 바라본 향비파는 작고 낡았지만 소리통은 꽤 깊

어 보였다. 탁 하고 치면 울림이 꽤 멀리까지 나갈 것도 같
았다.

"넌 영원히 산에서만 살 거냐?"

늘메가 고개를 끄덕거렸다.

"너 혼자 저 산에 들어가게 하지는 않을 터······"

고운 영감이 늘메에게 또 물었다.

"넌 네 오빠를 찾아야지. 만일 찾으면······"

그때 늘메가 고운 영감의 말을 끊고 들어왔다.

"이미 찾았는걸요. 엄마가 그랬거든요. 내가 사랑하는 사
람이 있다면 그가 내 오빠라고. 그래서 어느 순간 알아버렸
거든요. 실은······"

마음이 다정해서 아마 다시 올 거야

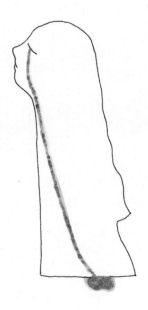

백반과 짓이긴 봉숭아꽃 이파리를 실로 손톱 위에 동여매
주면서 가로미는 웃을 때마다 초승달처럼 작아지는 늘메의
눈이 어딘가 삼촌의 눈과 꼭 닮았다는 생각을 했다. 삼촌의
눈과 내 눈이 꼭 닮았다고 사람들은 애기하니까 혹시 내 눈
도 늘메의 눈과 닮았으려나…… 그때 늘메가 열 손가락을
가로미 눈앞에 갖다댔다. 그 바람에 가로미가 움찔 놀라 바
퀴 의자를 뒤로 밀고 말았다.

저녁이 다가오고 있는 여름 꽃밭에서라면 둘은 언제까지
라도 이렇게 둘이 놀 수 있을 것 같았다.

"늘메야, 삼촌 요새 이상해."

"왜?"

"산지니 쳐다보느라고 정신이 없어서 부엌에서는 그릇 다 깨고 들에서는 풀인 줄 알고 고추 모를 다 뽑아버리고 그리고 무엇보다 밥도 잘 안 먹어."

"산지니도 그래. 마루에 혼자 앉아서 한숨만 쉬는데 가끔 자세히 보면 눈물만 주르르 흘리고 있어."

해가 영산 쪽으로 내려가려고 하자 나팔꽃이 조그마한 입술을 다물었다. 마지막 저녁 햇살이 환해서 여름 꽃밭에는 환한 음악이 흐르는 것 같았다.

"가로미야, 삼촌이 만약 장가를 간다면."

가로미가 환하게 웃었다.

"산지니랑?"

늘메가 고개를 끄덕였다.

"난 그럼 가족이 생기는 거네."

가로미가 다가와 늘메의 어깨를 살며시 껴안았다.

"넌 내가 산으로 다시 돌아간다면 나 보고 싶을 것 같아?"

"물론이지. 나 산으로 찾아갈 건데?"

"어떻게? 넌 혼자 산에 올 수 없잖아."

"난 할 수 있어. 왜냐하면 네가 보고 싶으니까."

가로미는 제 발을 내려다보았다. 마른나무처럼 굳어 있어서 발바닥까지 피도 내려가지 않는 것 같은 내 다리. 그러나 늘메야, 너 아니? 누군가가 보고 싶다는 그런 느낌이 마음의 피돌기라는 걸……

늘메는 제 발을 내려다보고 있는 가로미가 가엾어서 견딜 수가 없었다. 내가 언젠가는 너를 날게 해줄 거야. 아니, 오늘밤이라도 당장.

"어느 날 병원에 있던 나를 삼촌이 데리러 왔어. 병원에서 나와서 우리는 차를 탔지…… 그런데 삼촌은 우리집으로 가지 않고 영산이 있는 삼촌 집 쪽으로 가는 거야. 나는 물었어. 삼촌, 우리집은? 엄마는? 아버지는? 꼬마 동생은? 나는 묻고 또 묻고 물었지만 삼촌은 대답을 안 했어. 나중에 이제부터 새로 살 집에 다 왔다고만 했어. 차에서 내려야 하는데, 이상해. 움직일 수가 없는 거야. 발이 앞으로 안 나가는 거야. 삼촌, 나 발이 꼼짝도 안 해. 걸을 수가 없어. 삼촌 내 발이, 발이 이상해!"

가로미의 눈가로 눈물이 흘러내렸다. 늘메가 가로미를 꼭 껴안아주었다.

　"산에서 만난 꿀벌 아저씨가 그랬어. 이런 이야기를 자꾸 하는 게 마음을 치료하는 길이래."

　둘이 함께 있던 여름 꽃밭에 해가 져서 시원했다. 어둠이 내려와 해그림자를 다 지울 때까지 둘은 여름 꽃밭에 나란히 앉아 두런두런 이야기를 나누었다.


　가로미가 잠에서 깨어났다. 그러나 눈을 감고 한참을 그대로 있을 수밖에 없었다. 베개가 축축했다. 또 그런 꿈을, 옛날 일이 그대로 살아나는 나쁜 꿈을 꾸었구나. 가로미는 무서움이 앞섰다.

　"가로미야, 나야, 늘메."

　늘메가 문을 열고 들어왔다. 내가 또 무슨 꿈을 꾸고 있는 건가. 가로미가 일부러 눈을 한번 더 꼬옥 감았다 떴다.

　"일어나, 가로미야. 일어나라니까."

　늘메가 한번 더 불렀다. 눈을 반쯤 뜨다가 가로미는 다시 눈을 감았다. 열어놓은 문틈으로 달빛이 들어와 눈을 찔러댔다.

"깜짝 놀랄 일이 있어. 빨리 바깥으로 나가자."

늘메가 등을 내밀었다. 엉겁결에 가로미는 늘메의 등에 업혀 바깥으로 나오고야 말았다.

"자, 봐, 보라니까."

늘메가 성화를 부렸다.

"웬 새들이 이렇게 많이……"

마당 가득히 달빛을 받으며 방울새*들이 모여 있었다. 눈으로 어림해도 이삼백 마리는 넘어 보였다.

"방울새들이야. 이 동네에 사는 방울새들, 영산 너머에 있는 식구들까지 다 모아왔어."

콩콩거리며 방울새들이 방울 같은 몸을 튀기며 가볍게 뛰어다니고 있었다. 방울새들을 향해 늘메가 삼실로 꼬아 만든 그물을 던졌다. 그물이 그쪽으로 날아가자 방울새들이 확 흩어졌다가 다시 모여들더니 대여섯 마리씩 한패가 되어 그물코를 하나씩 물었다.

---

*
우리나라 전 지역에 사는 되새과의 새지요. 주로 마을 가까운 논과 밭, 해안 지방의 소나무숲에서 사는데 벌레와 알곡이 먹이이며 둥우리는 소나무 가지 위에다 짓고 두 개에서 다섯 개의 알을 낳습니다.

"내가 부탁했어. 우리를 한 번만 날게 해달라구."

놀란 가로미는 그만 말을 잃고 말았다.

"자 빨리 가자, 괜찮아."

늘메가 가로미를 업은 채 그물까지 가서는 그 위에 살포시 몸을 내려주었다.

"이리 와서 날 잡아."

가로미는 어안이 벙벙했다. 그럼에도 시키는 대로 기어가서 늘메의 허리를 잡았다. 늘메가 앞을 향해 휘파람을 한 번 두 번 세 번 불었다.

휘파람 소리가 그치자 파드덕거리는 날갯짓 소리가 온 하늘 가득히 퍼지더니 그물이 하늘로 펼쳐졌다. 가로미는 바람이 온 얼굴을 덮어 눈을 뜰 수가 없었다.

"늘메야, 우리 나는 거니 정말?"

"가로미야, 눈떠봐, 한 번만."

그러나 가로미는 무서워 눈을 뜰 수가 없었다. 눈을 뜨는 순간 땅으로 곤두박질칠 것만 같았다.

"눈떠봐, 괜찮아."

가로미가 조심스럽게 눈을 떴다. 눈앞에서 늘메의 풀어헤

친 머리카락이 바람에 가득 날리고 있었다.

"무서워, 늘메야."

"괜찮아, 떨어지더라도 내가 있잖아."

가로미는 조심스럽게 주위를 둘러보았다. 달이 가지런한 달빛을 하모니카 켜듯 세상을 향해 실어내리고 있었다. 그물코 사이로 마을이 하모니카 소리 같은 달빛 아래 따뜻한 이불 덮듯이 조용히 잠들어 있었다. 키가 커서 끝이 보이지 않던 저 미루나무 좀 보라지. 꼭 새 꽁지만하구나. 비닐 대롱만한 굴뚝, 요강만한 저수지. 저건 아, 아가의 가느다란 핏줄 같은 강물이구나.

"늘메야, 마을이 그림같이 우표만한 그림같이 작아."

"원래 마을은 작은 거야. 그래야 사람들이 포근해져."

가로미가 뒤에서 늘메를 꼭 껴안았다. 정말 고맙다는 마음임을 늘메는 모르지 않았다. 늘메가 가로미에게 머리를 기댔다. 그건 다 안다는 뜻과 같았다.

방울새들은 지치지도 않고 날더니 영산 중턱쯤에 가로미와 늘메를 내려놓고 다시 마을 쪽으로 돌아갔다.

"고마워."

가로미와 늘메는 오랫동안 방울새를 향해 손을 흔들어주었다.

"가로미야, 우리 여기 있다가 새벽에 내려가자. 난 내일 산지니랑 다시 산에 와야 돼. 너한테 보여줄 게 있어서 이리로 온 거야."

늘메가 가로미를 업은 채 산섶을 이리저리 돌아다니더니 뭔가를 발견하고는 그 언저리에 쪼그려앉았다. 동시에 가로미도 부려졌다. 달빛 아래 흰 빛깔의 앞이었다. 둥굴레꽃*은 이파리 숫자만큼 꽃을 매단 채 푸르고 가는 줄기를 굽히고서 이리저리 흔들리고 있었다.

"가로미야, 말해봐. 둥굴레꽃이 어디에 쓰이는지를."

"둥굴레 뿌리는 심장을 강하게 하고 따뜻한 기운을 복돋아준다."

가로미는 초의 영감에게 배운 대로 둥굴레꽃의 쓰임을 말해보았다.

"늘메야, 저 꽃의 뿌리는 마음이 따듯한가봐. 심장을 강하

---

*
죽대뿌리, 괴불꽃, 황정으로 불리는 백합과의 여러해살이풀인 둥글레의 꽃이지요. 전국의 산과 들, 높은 산의 초원지에서 자랍니다. 꽃은 녹색 바탕에 흰빛과 노란빛이 돌지요. 약재로 쓰입니다.

게 해준대."

가로미는 새삼스럽게 둥굴레를 바라보았다. 저 꽃은 어디에 자기의 따뜻한 마음을 품고 있는 걸까.

"가로미야, 둥굴레꽃은 걸을 줄 몰라. 그 자리에 언제나 가만히 있지. 그런데 그 뿌리는 사람들의 기운을 도와줘."

"그래, 맞아. 둥굴레는 풀이니까 못 걸어, 맞아."

"그 자리에 가만히 있어도 둥굴레는 따뜻한 말을 할 줄 알아. 그러니까 사람의 몸을 도와주지. 네가 만일 의사가 된다면 넌 가만히 앉아 있어도 그 뿌리를 착하게 키우는 그런 의사가 되어야 해."

걸어다닐 수 없는 풀들이 걸어다닐 수 없음을 이겨내고 만들어내는 약효. 아마도 그 속에는 걸어다닐 수 없었던 시간 속의 햇빛과 달빛, 파르스름한 옥빛의 별들, 바람, 이슬, 봄, 여름, 가을 그리고 겨울이 한데 어우러져 알 수 없는 그런 비밀을 만들어내는 걸 거였다.

"난 저 꽃 알고 싶어. 무슨 말을 하고 싶은지. 나처럼 걸어다닐 수 없어서 슬픈지 아니면 그런 아픔은 아무것도 아닌지."

늘메는 둥굴레꽃을 쓰다듬었다. 마치 가로미나 산지니를 부드럽게 안을 때처럼 느리게 천천히 그리하였다.

"풀이 말하는 걸 잘 들어야 진짜 약초 의사가 될 수 있어. 넌 할 수 있을 거야. 너는 잘 듣는 사람이니까."

다음날 늘메와 산지니는 하늘바위로 가기 위해 이른 새벽 길을 나섰다. 고운 영감이 동구 앞까지 나와 새벽의 희뿌연 안개 속에서 손을 흔들어주었다. 양산 중턱까지 왔지만 둘은 말이 없었다. 그렇게 오래 말없이 산을 오르기는 처음이었다. 하늘바위가 보이는 계곡에 다다르자 산지니가 늘메를 꼭 껴안고 말했다.

"넌 하늘바위에 처음 왔을 때부터 매의 딸이었어. 네가 처음 온 날 너는 새파랗게 울어댔고 엄마 말고는 누구라도 옆에 오는 걸 싫어했어. 엄마는 널 위해 매일 참더덕을 구하러 나갔지. 일천 미터 이상 되는 그 산에서 자란다는 참더덕, 그 눈처럼 하얀 꽃을 찾아서 말이지. 오래 묵은 참더덕은 속이 비고 껍질만 남지. 그러나 그 껍질 속에는 오래 묵은 더덕이 말간 물처럼 녹아서 고여 있는데 엄마는 그걸 너에게 사람의 젖 대신 먹이곤 했어."

늘메가 눈을 들어 바위산을 바라보았다.

"늘메야, 더 빨리, 더."

저 꼭대기에서 지킴이의 음성이 들리는 것 같았다.

"매처럼 날지는 못해도 나는 속도만큼 너는 뛰어야 해, 늘
메야."

지킴이는 이제 막 걸음마를 시작하던 늘메에게 달리는 공
부를 시켰다. 돌아보면 저기 바로 앞에서 달리는 꼬마 늘메
가, 위에서 빙빙 돌며 늘메를 향해 소리치던 지킴이가, 지킴
이 옆을 날던 산지니가 있었다. 그 기억은 멀고도 가까웠다.

"넌 사람의 마을에서 살고 싶니?"

"응. 난 사람이 되고 싶어."

늘메가 산지니의 가슴에 머리를 기댔다. 그래, 난 너를 사
람의 마을에 살게 해줄 거야, 정말로.

"넌 나보다 여섯 달 먼저 태어났어. 그런데 나는 아직 꼬
만데 넌 벌써 어른이야. 난 알아, 네가 어른이라는 걸. 만약
에 네가 사람으로 산다면 난 끝까지 너를 지켜줄 거야."

늘메는 가슴이 터질 것 같았다. 산지니도 엄마도 언젠가

는 제 곁을 떠나게 될 거란 걸 늘메는 모르지 않았다. 누군
가가 떠날 때 남은 사람은 오래오래 기다려야 하고 그 시간
동안 그리움 하나 등불처럼 켜야 한다는 사실 역시 늘메는
모르지 않았다. 어쩌면 평생 그 그리움의 넌출 등불 하나 들
고 영산 섶섶을 헤매 다닐지도. 늘메는 숨을 크게 쉬어보았
지만 눈물이 나서 하늘바위로 가는 길이 잘 보이지 않았다.

밤이 오자 비가 내리기 시작했다. 하루종일 바깥에서 서
성거리던 고운 영감이 비가 오자 방문을 닫고 거문고를 꺼
냈다. 고운 영감이 거문고를 탔다. 천천히 술대를 꺾으며 손
으로 줄을 짚어내리자 거문고 소리가 빗소리를 같이 탔다.
그 소리는 어쩐지 저 비를 곱게 만져주며 강으로 큰 바다로
가라 평안히 길을 가라 이르는 것 같기도 하였다. 고운 영감
의 거문고 소리가 빨라졌다. 어떤 때는 물이 굽이를 돌아 급
히 흐르는 것 같았고 산허리로 돌아 서둘러 가는 바람, 그
큰 자락 같기도 했다. 고운 영감의 이마에 땀이 맺혀갔다.
손가락이 줄 위에서 멈춘 듯 떨리고 떨리는 듯 멈추곤 하였
다. 거문고 소리가 어느 가파른 산을 오르는 것처럼 높아가

자 그 어느 높은 가락을 밟아내려는 듯 매 한 마리가 빗속의 하늘로 날아올랐다.

춤춘다, 매 한 마리. 하늘에 거문고 하나 있어 그 매 한 마리 빗줄기를 밟아내며 세상을 거문고 소리로 채우는 것 같았다. 고운 영감은 누군가의 문 두드리는 소리에 거문고를 멈췄다. 문을 열자 비를 맞은 늘메가 거기 서 있었다.

"할아버지, 엄마가 죽었어요."

고운 영감의 가슴이 쿵 하고 내려앉았다.

"아픈데두 뱀하고 싸우다가. 뱀이 붉은머리오목눈이*가 새로 지어놓은 둥지에 올라갔거든. 알 꺼내 먹으려고."

"그래서 뱀한테 물렸니?"

"가슴을요. 어떻게 해볼 수가 없었어요."

뜬눈으로 밤을 새운 고운 영감과 늘메는 새벽이 밝아올 무렵 산으로 향했다. 새벽 산은 아직 어두웠고 안개가 뿌옇게 길을 막았는데 비는 어느새 그쳤는지 간밤에 내린 비로 산의 물소리는 크게 울렸다.

---

*
딱새과에 속하는 작은 새로 흔히 '뱁새'라고 불리는 텃새입니다. 들판의 논과 밭, 물가의 갈대밭에서 오십 마리쯤 무리를 지어 살지요. 둥우리는 덤불의 낮은 가지에다가 짓고 세 개에서 다섯 개의 알을 낳습니다.

산지니는 하늘바위에 매의 모습으로 서 있었다. 아침노을을 기다리는 건지 날카로운 눈은 해 뜨는 쪽으로 향한 채였다. 깃에 머리를 파묻고 있었는데 운 흔적도 없었고 슬픔은 속에 잘 감춰놨는지 그 어느 때보다도 강한 얼굴이었다.

"산지니는 산에 남겠대요. 마을로 내려오지 않구요."

"당분간 그래, 그대로 지켜보자."

산지니가 해가 뜨는 쪽을 향해 크게 한번 울고는 날아갔다. 늘메는 입술을 깨물었다. 울지 않으려고 했는데 눈물이 주르르 흘렀다.

"마음이 다정해서 아마 다시 올 거야."

산에는 아무 일 없다는 듯 새로운 아침이 밝아오고 있었다.

너 외롭니?

초의 영감이 경찰서 문을 나섰다. 가을 햇살에 눈이 부신 지 초의 영감은 잠시 눈을 감았다 떴다.

'저기 나를 보고 함박웃음을 짓고 있는 사람이 가로미구 나. 한 일주일 안 본 사이에 저 녀석이 저렇게 자랐나. 저 녀 석 요즘 하루가 멀다고 자란단 말씀이야. 키도 생각도 부쩍 자라고. 가만 저 옆에 안타까운 얼굴로 서 있는 사람은 쯔 쯧, 속깨나 끓였겠군. 가뜩이나 간이 콩알만한 사람이 시원 찮아서는 원. 근데 마나님도 부쩍 늙은 것 같군. 저 고운도 좀 봐. 아이들은 자라고 늙은이는 더 늙고 다 그런 거지만.'

"그런 법이 어디 있대요. 죽어가는 사람 살려놨더니 의사 자격증도 없으면서 사람 맘대로 치료했다고 고발이나 당하고. 나이들어가면서 무슨 봉변이래요. 빨리 이 두부나 드셔요. 오늘 아침에 집에서 금방 만들어 아직 따뜻할 거예요. 나이들어가면서 호강은 못 시켜줄망정 두부 뒷바라지나 시키고 이게 다 뭐래요, 정말."

초의 영감이 맨손가락으로 두부를 몇 점 맛없게 집었다.

"그 집에서 치료해주고 돈 안 받았다고 서장한테 울며불며 매달렸기에 망정이지."

"두부는 무슨 두부. 읍내 찻집 가서 커피나 시원하게 한잔 하자."

성큼성큼 찻집으로 앞서서 들어가더니 자리부터 턱 앉고 보는 초의 영감이었다,

"커피, 음악, 이난영씨 걸루 〈목포의 눈물〉."

뒤따라온 고운 영감과 마나님, 가로미가 주섬주섬 눈치를 보며 자리에 앉았는데도 초의 영감은 눈을 감고 흘러나오는 노래를 흥얼거리며 사마귀수염을 어루만질 뿐이었다.

"몸은 괜찮은가? 일주일을 경찰서에 있었는데."

"그럼 무슨 일이 있겠나. 괜찮어, 아무 일도 아니여."

"집에 가서 좀 쉬셔야죠. 다방에 와서 몸에 나쁜 커피가 웬 말이래요. 소실적엔 그렇게 젊은 여자들 앞을 얼쩡대면서 제 속을 태우시더니 나이드니까 다방 출입이래요?"

"이렇게 답답한 사람 봤나. 이 재미도 없으면 어떻게 살어. 커피 한잔 더 할랑가."

"아휴, 관둬요. 웬놈의 커피, 난 마시면 속이나 울렁거려서……"

마나님이 두 손을 저으며 질색을 하자 초의 영감이 혀를 끌끌찼다. 그러곤 가로미를 건너보며 말했다.

"한 일주일 쉬었으니 내일부터 우리 공부 한번 제대로 해볼거나."

지그시 눈을 감고 있던 초의 영감이 말을 시작하며 눈을 떴다.

"옛날 중국의 편작이라는 큰 의원이 있었지. 그 의원이 말하기를, 치료 방법에 대해서 말하는 것은 대나무 구멍으로 하늘을 보는 것과 같다고 하였느니라. 그 말이 무슨 뜻인고 하면, 그만큼 사람을 잘 치료하는 건 어려워서 의사마다 저마다의 처방을 갖고 있으나 그것이 전부라는 이야기는 말짱 거짓말이라는 것이다."

가로미가 고개를 끄덕였다.

"자, 아까 할아비가 일러준 대로 삼초가 무엇인지 외워보아라."

"삼초는 음식물이 지나가는 길이에요. 상초는 위의 맨 위쪽 입구에 있어서 음식을 위로 보내는 일을 맡고 중초는 위의 중간에 있어서 소화를 맡고 하초는 오줌보의 위쪽 입구에 있어서 오줌을 맡아요."

"옳거니!"

"그 편작이라는 의원이 또 말하기를 사람에게는 여섯 가지 고칠 수 없는 병이 있다고 했느니. 교만하고 마음에 욕심이 많아 남의 말을 잘 듣지 않고 자기 몸은 자기가 잘 안다고 생각하는 것이 첫번째 고칠 수 없는 병이요, 몸은 가볍게 알고 재산은 중하게 생각하는 것이 두번째요, 옷과 음식을 알맞게 하지 않는 것이 세번째이고 따뜻함과 차가움을 알맞게 잘 이루어서 속의 기운을 잘 보호하지 않는 것이 네번째요, 너무 몸을 약하게 해서 아플 때 약을 쓸 수 없게 만드는 것이 다섯번째이며, 의사를 믿지 않고 무당이나 점을 믿는 것이 여섯번째 고칠 수 없는 병이니라 하였거늘, 이 여섯 가지 고칠 수 없는 병은 다 한 가지에서 나오는데 그건 교만한 마음에서 나오는 것이지. 사람은 모든 것 앞에서 겸손해야 하지만 특히 자기 몸 앞에서는 정말 겸손해야 하느니, 자기가 스스로 우주이고 거대한 생명이라는 걸 잘 알아야 하는 것이다."

저녁까지 공부가 끝나지 않는 날은 초의 영감이 손수 바퀴 의자를 밀어서 가로미를 집까지 데려다주기도 했다. 가로미는 궁금했다. 약방만 하던 풀 옷 할배가 어떻게 이 많은 의원의 일을 알고 있을까. 찻집 가면 〈목포의 눈물〉을 듣고도 금방 흥을 내는 풀 옷 할배, 마나님하고 다툴 때 보면 영락없이 말투가 늘메와 나와 똑같은 풀 옷 할배……

"할아버지, 옛날에 뭐 하셨어요?"

어느 저녁 바퀴 의자를 뒤에서 밀며 집으로 데려다주던 초의 영감에게 가로미가 물었다. 순간 초의 영감이 바퀴 의자를 멈춰 세웠다.

"왜, 궁금하냐?"

가로미가 고개를 끄덕였다. 초의 영감이 논둑 옆 미루나무 밑까지 바퀴 의자를 밀고 가더니 그 아래 가로미를 앉혔다. 그러고는 당신도 나란히 그 옆에 앉았다.

저녁 무렵 논둑에는 개구리 소리가 서늘했고 물총새 한두 마리가 날카롭게 울며 근처 숲으로 후드득 날아가기도 했다. 초의 영감은 물끄러미 논에 떠 있는 개구리밥과 물위를 긴 다리로 옮겨다니는 소금쟁이, 그 옆 논둑에 붙어 자라고 있는 뱀딸기를 들여다보았다.

"이 자연이라는 건 너무나 신비해서 사람의 생각만으로는 결코 따라잡을 수 없는 거야."

또 한참을 물끄러미 논을 쳐다보던 초의 영감이 말을 이었다.

"나는 의원이었단다. 진짜 의원이었지. 사람들은 모두 나 같은 명의는 없을 거라고 했고 나는 하늘을 찌를 듯 오만했지. 그러다 어느 날 내가 사람을 잘못 치료해서 거의 죽게 만든 거야. 사람들은 나를 손가락질했고 나는 죄책감에 견딜 수가 없었지. 그래서 영산 고운에게 숨어버렸던 거야."

"그리고 다시는 의원을 안 하셨어요?"

"고운에게 가서도 나는 아무것도 할 수가 없었어. 나와 같은 천하의 명의가 실수를 하다니…… 나는 그때까지도 거만해서 진짜 뉘우치기는커녕 억울함과 부끄러움으로 내 속만을 태웠지."


산으로 도망쳤던 초의 영감은 얼마간 고운 영감 집에서 쉬는가 싶더니 어느 날부터 그를 따라다니며 약초 캐는 일을 도왔다.

초의 영감은 약초를 캐면서도 제게 일어난 모든 일들이 얼른 다른 이들에게서 잊히기를 바랐다. 그러니 정신이 온통 딴 데 팔릴 수밖에 없었다.

"자네 또 실수했네그려."

초의 영감이 뿌리가 상한 약초를 내팽개쳤다.

"점심이나 먹자구."

고운 영감은 초의 영감이 내팽개치고 간 약초를 조심스럽게 다듬어 망태 안에 집어넣었다.

점심을 먹기 위해 그들이 평평한 바위를 찾아 막 도시락을 풀 무렵이었다. 직박구리* 한 마리가 범의귀** 이파리를 물고 숲 쪽으로 날아가는 게 보였다. 고운 영감이 신기하다는 듯 말했다.

"저놈이 범의귀 이파리를 물고 가네. 여름엔 해충만 먹고 사는데 이상한 일일세. 풀을 먹으려고, 더구나 범의귀를."

"아니, 범의귀 이파리라면 독충에 물린 데 쓰이는 약초 아닌가. 새가 설마……"

"글쎄 잘 모르겠는데 우리 한번 따라가볼까. 내가 이 근처에 있는 직박구리 둥지를 알고 있으니까 둥지 쪽으로 가보세."

직박구리가 둥지를 지어놓은 나무 아래서 그들은 직박구리 두 마리를 볼 수 있었다. 직박구리들이 무엇을 하고 있는지 보기 위해서 그들은 살금살금 발걸음 소리를 죽인 채 다가갔다.

---

*
직박구리과에 속하는 새 중에 우리나라에서 사는 유일한 텃새입니다. '숲속의 수다쟁이'라고 불립니다. 둥우리는 나무 위에다 짓고 네다섯 개의 분홍빛 알을 낳지요. 곤충이나 나무 열매를 먹고 삽니다.

**
바위취로 불리는 범의귓과의 여러해살이풀입니다. 잎 모양이 호랑이 귀를 닮았다고 범의귀라고 불리는데 겨울에도 잎이 시들지 않으며 칠팔월에 흰 꽃이 피지요. 약재로 쓰입니다.

"저것 봐, 고운. 저 새들이 부리로 이파리를 쪼아서 저기 저 누워 있는 새의 목에다 발라주고 있지 않은가."

"아마 누워 있는 새가 뱀한테 물렸나봐."

직박구리들이 범의귀 이파리를 부리로 쪼아 누워 있던 직박구리에게 발라주었다. 그러자 그 직박구리가 목을 가늘게 흔들며 일어나더니 비틀비틀 걷기 시작했다. 그리고 얼마 후 직박구리들이 나무 위로 날아갔다. 직박구리가 사라진 그 자리에는 낮게 자라는 이끼와 무리를 이룬 고비들이 잎사귀를 활짝 펼친 채 흔들리고 있었다.

"나는 그뒤에 의원을 그만두었다. 의원은 제 마음을 평안하게 잘 다스릴 줄 알아야만 다른 이의 병을 고칠 수 있다. 이렇게 새도 스스로를 고칠 줄 아는데 나는 의원이 될 자격이 없었던 거지."

"좋은 의원이 된다는 건 그렇게 어려운 일인가요?"

"가로미야, 세상을 살면서 사람이 꿈을 가지고 산다는 일은 퍽 어려운 것 같더구나. 사람이 참다운 꿈을 가지게 되면 할일이 아주 많아지고 참아내야 할 일도 아주 많아지지."

초의 영감이 다시 가로미를 바퀴 의자에 태우더니 천천히 밀었다.

"자 빨리 집으로 가자. 다 저녁때 서둘러서 가고 싶은 집이 있다는 건 세상에서 가장 아름다운 꿈을 이룬 것이기도 하지."


산지니가 갑자기 사라진 뒤로 늘메는 삼촌을 지켜보는 일이 퍽이나 힘들었다. 만수는 그전보다 일을 더 열심히 했고 밤에도 이것저것 일부러 일을 만들어 벌여놓곤 했다.

"삼촌, 산지니 곧 돌아올 거야."

어느 날 저녁을 먹고 뒤뜰로 나가 경운기를 손보고 있던 만수에게 늘메가 이야기했지만 만수는 무표정한 얼굴이었다.

"곧 수확을 해야 해. 올해는 늘메가 우리한테 와 있어서 곡식들이 잘 익었나부다."

만수는 경운기를 고치다 말고 늘메를 쳐다보며 말했다.

"곧 부순이가 새끼도 낳을 거야. 그러면 우리집에 식구 하나 더 늘고 가로미랑 늘메랑 고운 선생님이랑 삼촌이랑 올겨울은 밤에 고구마 쪄 먹고 홍시 먹고 인절미 먹고 감주

먹고…… 니네들이 있으니까 삼촌은 하나도 안 외롭다."

"삼촌, 우리 가로미 데리고 도라지밭에 갔다 오자."

도라지밭은 영산으로 들어가는 길목에 있었다. 세 사람은 천천히 도라지밭 쪽으로 갔다. 도라지꽃은 보랏빛, 도라지꽃은 하얀빛, 밤인데도 도라지밭에는 별빛이 내려앉은 양 가득 핀 도라지꽃으로 온통 흔들리고 있었다.

만수는 늘메가 왜 도라지밭에 오자고 했는지 짐작하고 있었다. 산지니는 도라지꽃 앞에서 가장 환히 웃을 줄 알았다. 별이 땅 위에 흰빛 보랏빛으로 내려앉았는데 이 사람은 왜 갑자기 내 곁을 떠났을까. 미련한 곰 같은 내가 싫어서 그랬을 거야……

만수는 고개를 저어댔다. 가로미도 영산 쪽을 바라보며 한숨을 쉬며 말했다.

"산지니는 어디로 갔을까?"


늘메는 이틀쯤 뒤에 산에 올라가서 산지니를 만나고 오리라 마음을 먹었다.

"삼촌, 내가 가서 산지니를 찾아올게. 아마 영산 어디 있을 거야."

새벽녘 일찍 만수는 눈을 떴다. 일을 하러 나가야지. 그러나 그러고도 만수는 이불 속에서 한참을 더 있었다. 이불이 나를 잡아당기는 것같이 일어날 수가 없네. 이러면 안 되는데 해야 할 일이 태산같이 쌓였는데……

억지로 만수는 이불에서 몸을 일으켰다. 그러곤 한참을 우두커니 더 그러고만 있었다. 새벽닭이 울었다. 꼬꼬댁, 목청 좋게 한참을 더 울었다.

산지니가 갑자기 사라진 뒤로 만수는 뼈가 으스러지도록 이를 악물고 일만 했다. 그렇게 하지 않으면 견딜 수 없이 가슴에서 노여움이 일었다. 열 집 넘게 벼베기를 거들어주었고 스무 집 넘게 벼 타작을 도와주었다. 새참이 나와도 막걸리만 마른 모래가 비를 받아들이듯 마시고 음식은 거의 입에도 대지 않았다.

'형님이 돌아가시고 난 뒤 이렇게 많은 술을 마신 건 아마도 처음일 거야. 내가 왜 이러지.'

그러다 불같은 미움이 그러다 뜨거운 그리움이 차올라 마음은 벼를 다 거두어들인 저 들판처럼, 저 들판에 세워놓은

허수아비처럼, 참새를 쫓느라 줄에 매달아놓은 깡통처럼,
바람이 지나갈 때마다 깡깡거렸다.

만수는 일어났다가 머리를 짚고 벽에 기댔다. 어지럼증이
머리로 몰려와 방바닥이 아래위로 너울거렸다. 만수는 이를
악물었다. 나가야지, 새벽 공기를 쐬면 금방 괜찮아질 거야.
벽을 짚고 방문 쪽으로 가서 방문을 열었다. 그러곤 방문 바
깥으로 발을 내밀었다.

옆방에서 잠을 자던 가로미가 삼촌 방에서 난 꽈당 하는
소리를 들은 건 그때였다. 가로미가 눈을 떴다. 소리는 한번
나더니 들리지 않았다. 가로미는 다시 잠이 들었다.


하늘바위…… 하늘바위에 가까워져오자 늘메는 발걸음
을 잠시 멈췄다. 뒤를 돌아다보면 산밑 마을이 새벽 속에
고요히 잠들어 있는 것이 눈에 선했다. 저 마을에 가로미가
살고 있고 초가을 무렵에 때늦은 장티푸스 같은 사랑을 앓
고 있는 삼촌이 살고 있고 읍내에는 풀 옷 할배와 마나님이
살고 있다……

그동안 정이 들었나봐…… 산밑 마을을 내려다보던 늘메

는 두 무릎을 세우고 길섶에 잠시 앉았다. 늘메야, 너 외롭니…… 늘메가 늘메에게 물었다. 응, 그래. 엄마가 산에 있을 때는 몰랐는데 갑자기 산이 참 외로운 곳이라는 생각이 들어…… 늘메가 늘메에게 대답했다. 삼촌이 앓아눕기 전에는 몰랐는데 가로미가 바퀴 의자에 앉아 우는 것을 보고 펄펄 끓어오르는 열 때문에 한 움큼씩 머리칼이 빠지고 야위어가는 걸 보고 난 한참 울고 말았지. 정말 나는 가로미나 삼촌을 좋아하나봐…… 늘메가 늘메에게 또 대답했다. 넌 그래도 산지니를 데리고 산에서 내려가야지. 산지니가 사람으로 살 수 있는 날은 이제 석 달뿐이야. 석 달이 지나기 전에 산지니를 진짜 사람으로 살게 해주고 넌 산으로 돌아와야지. 늘메가 늘메에게 타일렀다. 이제 산에 혼자 가면 외로울 거야. 가로미랑 삼촌이랑 살고 싶다는 마음이 자꾸만 생겨. 늘메가 늘메에게 속마음을 털었다.

엄마가 너에게 했던 말을 생각해봐. 산지니 아님 너 둘 중에 하나는 산에서 살아야 된다고 했잖아. 하지만 산지니에게는 삼촌이 있어. 저러다 영영 산지니가 삼촌 앞에 나타나지 않으면 삼촌은 영영 저렇게 앓아누워 살게 될지도 몰라……

　늘메가 신발끈을 질끈 한번 묶고는 일어나 하늘바위를 향해 걷기 시작했다. 마을 쪽을 자꾸 돌아보기를 반복하면서.

# 나는 너야, 너는 나구

산지니의 마음을 짐작하는 일은 엄마가 살아 있을 때만 하더라도 제 마음 들여다보듯 쉬웠으나 지금은 늘메에게 너무도 어려운 일이 되어버렸다.

　늘메는 하늘바위에서 한참을 기다렸다. 어디를 갔는지 산지니는 하늘바위에 없었다. 엄마가 가버린 하늘바위……그 위로 언제나 불어오던 바람이 오늘따라 유난히 찼다.

　늘메는 불을 지피고 그 앞에 앉았다. 두 손을 펴서 불 가까이에 갖다댔다. 열 개의 손가락 사이로 모닥불의 그림자가 어른거리는 것을 늘메는 한참을 바라보았다.

왜 이렇게 마음이 추울까…… 그러다가 늘메는 고개를
흔들었다. 엄마가 알면 섭섭할 거야. 그렇지, 그럴 거야.

새벽 일찍 서둘러 떠난 탓인지 얼마간 불 앞에 앉아 있던
늘메가 꾸벅꾸벅 졸더니 두 손을 베개로 하고 풋잠에 들었
다. 얼마 뒤 깨어났을 때 늘메는 자기를 지켜보고 있는 지킴
이의 눈을 보았다. 늘메가 놀라 일어나면서 저도 모르게 엄
마, 하고 외쳤다.

"나야, 늘메야, 산지니야."

너였구나, 엄마가 아니었구나. 늘메는 눈을 비비며 산지
니를 바라보았다. 못 본 사이 산지니는 지킴이만큼 커져 있
었다. 갈빛 깃털 사이 눈처럼 눈부신 흰 점, 당당한 날개와
억센 발톱과 굳은 무쇠 같은 부리와 날카로운 눈……

"어디 멀리 갔다 왔니?"

"뱀 잡는 아저씨가 계곡 나무다리에서 떨어질 뻔했어. 그
래서 아저씨 계곡 건너게 해주고 오느라고. 이번 겨울이 오
기 전에 계곡 나무다리 튼튼하게 만들어둬야겠더라."

"엄마가 하던 일을 이제 네가 하는구나."

산지니는 아무 말 없이 늘메를 쳐다보다 하늘바위 위로

올라가더니 목에 삼실로 짠 망태 하나를 걸고 내려왔다.

"야, 인삼 열매구나. 이건 머루네."

망태 속에는 빨간 인삼 열매와 진하디진한 흑보라의 머루가 싱싱하게 담겨 있었다.

"전에 가로미가 아팠을 때 산머루가 먹고 싶다고 해서…… 가을이 다 지나가기 전에 한번 따다주고 싶었어. 그리고 이건 가로미 삼촌에게 전해줘."

늘메는 망태를 받아 불기가 닿지 않는 외진 자리에 두었다.

"마을에 안 갈 거니?"

"응."

"마을에 안 가보고 싶니?"

산지니가 고개를 떨구더니 곧 머리를 꼿꼿하게 들어올렸다.

"가고 싶어."

그렇지만 산지니는 마을에 갈 수 없을 거라 생각했다. 늘메는 사람의 딸이니까 마을에 살아야 하니까. 나는 원래 매니까 그러니까 산밑에서 일어났던 저 아름다운 일은 가슴에 묻어두고 나는 매로 살아야만 하니까.

"나는 산에 남을 거야. 겨울이 오면 조금 외로워지겠지
만……"

"가자, 마을에. 삼촌이 많이 아파. 그래서 나도 이렇게 늦
게 산에 올라온 거야."

"아프다구? 그 건강하던 가로미 삼촌이?"

산지니의 날개가 이내 푸드덕거렸다.

"네가 내려와야 해. 그래야 삼촌이 나을 거야, 산지니야."

늘메가 산지니의 푸드덕거리는 날개를 잡아 조용히 접
었다.

"나는 네가 산에서 내려가길 바라. 나는 너야, 너는 나구.
엄마가 나를 키우느라 너를 잘 돌보지 못했어도 너는 불평
한마디 안 했어. 내가 산봉우리마다 다니며 산개미집들을
망가뜨려놓았을 때, 기억나니?"

"그럼."

"내가 망가뜨려놓은 산개미집들을 엄마 몰래 너는 감쪽
같이 다시 이쁘게 만들어놓았어. 엄마는 기가 차서 그냥 웃
고 말았지만."

산지니는 늘메가 산개미집을 헤치고 돌아다녔던 일이 깊은 외로움에서 나왔다는 것을 알고 있었다. 그뒤 늘메는 산개미들을 위해 얼마나 많은 새똥을 모아주었는가. 그때는 늘메 옆에 가면 비린 풀냄새가 섞인 새똥 냄새가 났다. 늘메를 데리고 계곡까지 내려가 늘메의 옷을 벗기고 그 작은 몸을 씻어줄 때, 차가워 차갑다니까 늘메의 젖은 머리칼이 다마를 때까지 계곡 넓은 바위에 앉아 있던 일. 산지니야, 나는 죽으면 지옥 갈 거야, 심술이 많아서. 산개미집들을 저렇게 다 망가뜨려놓고. 늘메야, 다시는 그러지 마. 산개미들이 산을 위해 얼마나 좋은 일들을 많이 한다구. 흙을 물어 여기저기 옮겨주니까 산이 살아 있는 거야. 그리고 산개미들이 나쁜 일을 한다고 해도 그렇게 집을 망가뜨리면 안 돼.

조용히 저녁이 오고 바위 위에서 설핏 잠이 든 늘메를 날개에 싣고 하늘바위까지 돌아오던 것도 기억이 났다. 그 기억은 예쁘고 착한 마음으로부터 나오는 것이어서 떠올릴 때마다 가슴을 따뜻하게 했다.

"네가 산을 떠나면 내가 산에 있으면 되잖아. 그건 참 기쁜 일이잖아."

늘메가 치워두었던 망태를 가져와서 산지니에게 내밀었다.

"자, 네가 건네줘. 가로미한테두, 삼촌한테두."

산지니가 고개를 흔들어댔다.

"삼촌이 너무 아파서 우리를 두고 갈지도 모른다니깐."

"늘메야, 난 그렇게 할 수 없어. 너에게 이 영산을 지키게 할 수는 없어."

"바보, 넌 석 달만 지나면 영영 사람이 될 수 없어. 엄마가 한 말, 기억 안 나? 산지니야, 네가 사람이 되고 싶거든 삼백 일이 지나기 전에 향비파가 저절로 울려야 해. 기억하고 있지?"

"늘메야, 너 혼자 내려가. 난 산에 있을 거야. 가로미 삼촌은 튼튼한 사람이니까 곧 회복이 될 거야. 너는 산밑에서 사람들하고 같이 살아야 해. 그리고 언제나 산엘 올 수 있잖아, 날 만나러."

늘메가 망태에서 빨간 인삼 열매를 꺼냈다.

"난 머루만 가로미에게 줄 거야. 인삼 열매는 네가 삼촌한테 직접 전해줘. 직접 전해주지 않을 거면 그냥 버리든가."

산지니는 하늘바위 맨 끝까지 올라가서 조개껍데기를 엎어놓은 듯 고요히 엎드려 있던 마을을 내려다보았다. 몹시 누군가가 그리웠다. 마음속에 아린 가시들이 돋아나 자꾸 찌르는 것처럼 쓰라린 그리움이 빨간 인삼 열매 위로 더 붉게 번져나갔다. 가시덤불 위의 불꽃, 커다랗게 일렁이는 그리움의 불바다⋯⋯

산지니는 인삼 열매를 물었다. 그러고는 푸드덕 밤하늘 위로 높이 새파랗게 붉은 별빛처럼 솟아올랐다. 산지니는 속으로 말했다. 미안해, 늘메야. 정말 미안해.

그날 밤 만수는 머리맡에 얌전하게 놓인 인삼 열매를 보았다. 인삼 열매, 그리고 방안 가득한 나무와 풀과 계곡의 물냄새를 맡았다. 머리가 맑아지고 가슴속에 신선한 계곡 바람이 몰려다녔다. 머리를 일으켜 일어났을 때 만수는 산지니를 보았다. 산지니는 조용히 앉아 마치 어제도 옆에 앉아 있던 사람처럼 바느질을 하고 있었다. 환자를 위해 새로 베갯잇을 씌운 베개의 마무리 새발뜨기 바느질이었다.


평화로운 저녁이었다. 함께 모여 저녁을 먹고 둘러앉은

얼굴들. 늘메와 산지니가 손가락에 실을 걸고 실뜨기 놀이를 하고 있었고 만수는 그 옆에서 설계도를 들여다보았고 가로미는 벽에 비스듬히 기대 초의 영감에게서 받은 한문책을 소리 내어 읽고 있었다. 옛날 중국이나 우리나라에서 나온 한의학 책들은 모두 한자로 씌어져 있었으므로 초의 영감은 가로미에게 한자 공부를 해야 한다고 하더니 책을 한 권 가져다주었다.

"여기는 가로미 방. 가로미 방은 문턱을 없애고 여기는 마루. 여기는 고운 선생님하고 늘메가 쓸 방. 여기는 안방."

설계도를 짚어내려가던 만수가 산지니를 쳐다보았다. 실뜨기를 하던 산지니의 얼굴이 붉어졌다. 그런 산지니의 얼굴을 쳐다보다 늘메가 푸하하 웃음을 터뜨렸다. 무안해진 만수가 설계도를 슬그머니 말아 까치발을 하고는 장롱 위에 올려두려 팔을 뻗었다.

"어, 어, 삼촌 조심해."

만수의 머리 위에서 나무 액자가 하나 떨어져 바닥에 내동댕이쳐졌다. 그 바람에 나무 액자에 끼워둔 유리가 깨져서 바닥에 흩어졌다.

산지니가 급히 바깥으로 나가 빗자루를 들고 오는데 늘메가 이미 떨어져 조각조각이 난 유리 가운데 나무 액자 속 사진을 집어들더니 만수에게 물었다.

"이게 무슨 사진이야?"

"가족사진. 가로미하고 엄마, 아버지, 꼬마 동생……"

만수가 늘메를 안아 아랫목에 있던 가로미 옆에 앉혔다.

"이게 가로미야? 이게 잃어버린 꼬마 동생, 그리고 엄마랑 아버지?"

가로미도 책을 덮고 늘메 가까이 다가가 어깨 너머로 사진을 보았다.

"삼촌, 이거 나 줘."

사진을 꼭 쥔 손으로 늘메가 말했다.

"이 사진 내가 갖고 있을래."

만수의 허락이 떨어지지도 않았는데도 늘메가 사진을 주머니에 집어넣었다.


가로미 집에서 나온 산지니와 늘메가 제 집으로 갔다. 집 앞에 다다라서는 곧장 방으로 가지 않고 고운 영감의 방 앞에 한참을 서 있었다. 늘메는 늘메대로 산지니는 산지니대로 속이 탔다. 오늘밤에도 향비파 소리는 들려오지 않으려나.

"오늘도 안 되었나봐."

늘메가 산지니의 허리를 껴안고 방으로 들어가면서 말했다. 산지니도 같이 늘메의 허리를 껴안으며 말했다.

"기다려야지. 그리고 잘 안 되더라도 난 괜찮아. 이렇게 좋은 나날들을 이렇게 마음껏 누리고 있으니까."

바람이 불어올 때마다 떨어지는 잎새들이 밤 어둠 사이에서도 또렷하게 흔들렸다.

"아까 그 사진 왜 가진다고 했니?"

"나두 똑같은 사진이 있었어. 옛날에 고운 할아버지가 줬어. 근데 내가 계곡물에 버렸어. 들여다보면 외로워져서."

"사진 한번 찍어봤으면…… 그런데 나는 사진 찍으면 사람으로 안 나올 거야."

"산지니야, 넌 꼭 사진을 찍을 수 있을 거야."


"늘메야, 일어나."

아직 날도 밝지 않았는데 가로미가 문 앞에서 늘메를 불러댔다. 늘메가 곧장 일어나지 않자 가로미가 바퀴 의자를 고운 영감 방 앞으로 밀고 갔다.

"할아버지, 부순이가 새끼를 낳으려고 해요. 삼촌이 저를 여기까지 데려다주고 읍내에 부순이 봐줄 김영감님 모시러 갔어요."

"새끼를? 얼른 가봐야겠구나."

그 바람에 늘메도 문을 벌컥 열었다. 빼꼼 산지니 얼굴도 보였다. 산지니가 늘메에게 말했다.

"빨리 할아버지 모시고 가. 나는 못 가잖아. 부순이가 날 보면 놀라서 새끼 못 낳을 거야."

부순이는 외양간 안에서 끙끙대고 있었다. 막상 외양간 앞에 왔지만 고운 영감이나 늘메나 어쩔 줄을 몰랐다. 늘메가 서툴게 부순이를 어르는데 부순이는 귀찮다는 듯 꼬리를 간간 흔들고나 있었다.

"어떡하면 좋은가. 한 번도 송아지를 받아본 적이 없으니……"

고운 영감이 앞에서 혀를 끌끌 차며 안절부절못하고 있

었다.


새벽 하늘이 영 밝아질 생각을 안 하더니 먹장구름을 몰고 왔다.

"어, 비 내리겠네."

번쩍, 번개가 일더니 뒤따라 천둥소리가 콰광 울렸다. 부순이가 놀라서 머리를 흔들어댔다. 큰 눈에 겁을 잔뜩 먹은 채였다.

"할아버지, 삼촌 늦을 거예요. 차가 없어서 경운기 타고 갔거든요."

천둥이 몇 번 더 울리더니 쇄쇄거리는 바람소리와 함께 삼단같이 굵은 비가 쏟아지기 시작했다.

"어떡해, 삼촌이 비닐하우스 지붕 어제 다 열어뒀는데. 새로 봄 채소 심어놓구선."

늘메가 고운 영감을 한번 보더니 빗속을 재빠르게 뛰어갔다. 늘메는 먼저 비닐하우스가 있는 뒷배미까지 달렸다. 가을 중반 무렵 만수가 만들어놓았던 비닐하우스는 거센 바람살에 찢겨 있었고 아직 뿌리도 내리지 못한 봄 채소 모종이 시뻘건 황톳물에 떼 지어 떠내려오고 있었다.

늘메는 비닐하우스 지붕 위로 뛰어올라갔다. 바람에 펄럭이는 한쪽 모서리를 나무 기둥에 붙들어 매어두고 기둥을 건너뛰며 빼꼼 열려 있는 문을 닫았다. 문을 닫을 때마다 바람에 못 이겨 덜컹거리는 소리가 났다. 늘메는 내려와 웃옷을 벗고 그 위에다 근처에 있는 큰 돌멩이를 주워담기 시작했다. 늘메는 웃옷을 보자기처럼 싸서 들고 다시금 지붕 위로 올라갔다.

"아얏, 쓰라려."

나무 기둥에 삐죽 올라와 있던 못에 정강이가 긁혀 늘메의 다리에서 피가 흘렀다. 늘메는 닦을 생각도 하지 않고 지붕 중간중간에 돌을 올렸다. 눌린 돌 사이사이에 자연스럽게 만들어진 물 떨어지는 길로 빗물이 고여 아래로 흐르는 것을 확인한 뒤에야 늘메는 지붕 아래로 내려왔다.

그길로 늘메는 달음질쳐서 논으로 향했다. 아직 타작을 하지 않은 만수의 논에 베어 세워놓은 벼가 비에 흠뻑 젖어 있었다. 이미 산지니가 나와 벼를 가마니로 덮고 있었다. 늘메는 뛰어가 산지니를 도우려고 하다가 그만 그 자리에 멈춰 서버리고 말았다. 땅에 꽂히는 굵은 비로 마치 세상에 있는 물이란 물은 다 나와 콸콸 흐르는 것처럼 어지러운데 그 비를 다 맞고 일하는 산지니의 얼굴에는 즐거움만이 가득했다. 그 얼굴은 흥으로 빛이 났고 자랑스러움으로 환했다. 늘메는 발길을 돌렸다. 비는 계속 내리고 있었는데 늘메는 집 반대쪽으로 걸어갔다.

너는 정말 돌아온 거야

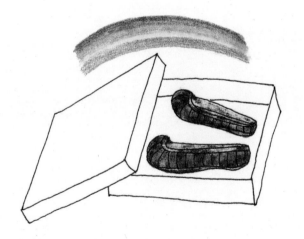

방문을 활짝 열어놓고 늦은 가을비를 걱정스럽게 바라보던 초의 영감과 마나님은 비를 흠뻑 맞고 대문으로 들어서는 늘메를 보았다.

　"할아버지, 약 좀 주세요. 정강이가 따가워요."

　깜짝 놀란 마나님이 마루까지 뛰어나왔다.

　"이게 뭔 일이래. 이렇게 흠뻑 젖어서는."

　늘메를 방으로 데리고 온 마나님이 수건으로 늘메의 젖은 머리칼을 닦아주었다.

　"뭐해요, 애가 새파랗게 젖어 떨고 있는데 약 찾아오고 대추차 좀 끓여요."

초의 영감이 마나님을 한번 흘기고는 구부정하게 나갔다.

"피 많이 났네. 왜 그랬댜?"

"못에 긁혀서 쓰라려요."

마나님이 늘메의 옷을 벗겼다. 속옷까지 흠뻑 젖어 있었
다. 옷을 벗기던 마나님의 얼굴에 노여운 빛이 돌았다.

"아니, 이게 뭐래요. 애기 옷이 이게 뭐래요."

대추차를 따르던 초의 영감이 마나님을 쓱 쳐다보고는 늘
메를 큰 수건으로 감싸 아랫목에 달랑 안아 눕혔다.

"몸 녹이고 대추차 마시고 잠 한숨 코 자고 읍내 찻집에
가서 우리 아가씨하고 할아버지하고 차 한잔 마실거나."

대추차를 달게 마신 늘메가 피곤한지 곧 새근거리자 마나
님이 늘메의 젖은 옷을 만지며 눈매를 새파라족족하게 만들
어서는 초의 영감을 바라보았다.

"이게 넝마지 옷이래요? 알고 봤더니 만수 그 사람 못쓰
겠네. 영감도, 고운 영감도 그렇구요."

초의 영감의 얼굴에도 편치 못한 기운이 번졌다.

"이 구멍 좀 봐요. 아무도 챙기지 않으니까."

"지 탓은 왜 안 하나. 이녁은 뭐했누."

"그러게 말예요. 늘메 생각은 한 번도 못했네요. 다 알아서 잘하고 얼마나 늠름해요. 영산에 산신령이 있으면 늘메는 그 딸일 거예요."

"이녁이 한번 나갔다 와야겠다. 고운 걸루. 치마 사오는 거 잊지 말고. 왜, 그 화사한 꽃 달린 거 있잖어."


읍내 찻집에 들어와서 늘메는 치마를 자꾸 밑으로 끄집어당겼다. 초의 영감은 아차, 했다. 칠칠맞은 할망구, 신발은 왜 안 챙겼을꼬. 화사한 방울 무늬에 오밀조밀한 꽃 너울이 달린 짧은 치마에 늘메가 신고 있는 건 흙이 잔뜩 묻은 못생긴 장화였다.

"우유?"

늘메가 고개를 설레거렸다.

"그럼 뭐?"

"커피, 음악, 〈목포의 눈물〉, 이난영씨 걸루."

늘메가 초의 영감의 말투를 그대로 따라 했다.

"할아버지, 옷 불편해요. 치마는 처음 입어봤어."

딴딴딴딴 따라라란 딴딴 늘메는 두번째 와보는 읍내 찻집
이 처음만큼 낯설지는 않아 물잔에 손을 감싼 채 편안히 앉
아 있었다.

"늘메야, 너 마음 상한 일이라도 있는 게냐?"

"그냥 읍내에 와보고 싶어서요."

늘메는 읍내를 싫어하는데 왜 갑자기 와보고 싶었을까.
초의 영감이 앞에 놓여 있던 성냥통을 허물더니 속에 든 성
냥개비를 탁자 위에 가득 쏟았다.

"할아버지랑 늘메랑 성냥 집 지을거나."

"집 짓는 거 싫어요. 집 있으면 떠나기 힘드니까."

순간 초의 영감의 마음이 짠해졌다. 고운 영감이 그러지
않았는가. 아무래도 늘메는 산에 다시 가야 할 거라고. 이
늙은이가 웬 망령인가. 산밑에 살면서 이제 늘메도 학교도
가고 해야지. 그때 고운 영감은 이렇게 말했었다.

"이보게 초의, 세상을 사는 아이들 중에 한 아이쯤은 학교
산밑의 읍내하고는 멀리 떨어져 살아도 좋지 않겠나. 그래
야 우리 산과 들에 이야깃거리가 생기지. 늘메는 사람 손에
서 자란 게 아닐세. 산에 있는 어떤 신비가 그 아이를 키웠

다네."

초의 영감은 성냥을 한 개비씩 집어 네모로 포개놓았다.

"이렇게 하나하나씩 차분히 올려 집을 짓는 거란다."

얼마쯤 성냥 집이 올라갔을 때 늘메가 맨 밑에 깔려 있는 성냥개비에 손가락을 살짝 갖다댔다. 그러자 성냥 집이 와르르 무너져내렸다.

"웬 심술은."

늘메가 혀를 쏙 내밀었다.

"난 혼자 있어서 심술이 많아요."

초의 영감이 늘메를 업었다. 바깥으로 나오자 비는 개어 있었다. 늘메는 할아버지의 야윈 등이 그래도 너무 좋아 조그맣게 콧노래를 흥얼거리다 얼굴을 묻었다.

"할아버지, 심술 많다고 나 미워하지 말아요."

"심술이 많은데 어떻게 미워하지 않게 돼?"

"나 가기 전에 많은 일을 하고 싶어요. 가로미, 삼촌, 산지니, 할아버지, 할머니……"

"미워하지 않을 테니까 늘메야, 너 할아버지한테는 말해 줄 수 있니?"

"뭘요?"

"넌 산이 더 좋으냐, 아니면 사람이 더 좋으냐?"

"할아버지두 참 있죠, 산하고 사람하고 똑같은 거예요."

그래, 네 말이 옳다……고 초의 영감은 속으로 중얼거렸다. 이 할아버지는 그걸 몰라서 사람을 치료하는 길이 사람의 머릿속에 있다고 믿어온 바보였지 않냐. 정말 길은 길 바깥에 있는 걸 왜 그렇게 몰랐을까.


부순이가 낳은 송아지는 튼튼했다. 부순이는 새끼의 젖은 털을 혀로 곱게 핥아주었다. 외양간 주변이 목욕탕처럼 훈훈했다. 그렇게 모두들 한숨을 돌리고 있는데 가로미가 걱정스럽게 말했다.

"늘메가 없어졌어. 내가 찾아보고 올게."

가로미는 바퀴 의자를 밀어 마을 동구 앞까지 나왔다. 신작로에 버스가 멈추자 버스 안에서 초의 영감이 내리는데 늘메가 등에 업혀 있었다. 가로미는 보았다. 화사한 치마를 입고 낡은 장화를 신은 늘메를. 초의 영감의 등뒤에서 벗겨질 듯 흔들거리는 늘메의 흙 묻은 장화를.

가로미의 눈에 눈물이 고였다. 늘메는 꼬까신을 어디에 벗어두고 저렇게 못생긴 장화를 신고 있는 걸까. 아무래도 맨발로 나들이 간 아가가 벗어놓고 간 개나리 노란 꽃그늘 아래 놓여 있던 그 꼬까신을 누군가가 들고 가버린 것 같았다. 가로미는 늘메에게 세상에서 가장 고운 꼬까신을 신겨주고 싶다는 마음을 먹었다.

"가로미야, 나 읍내 갔다 왔어. 부순이는 새끼 낳았니?"

가로미가 손을 흔들었다.

"응, 새 송아지가 나왔어. 아주 예뻐."


늘메는 나를 좋아한다, 안 한다, 좋아한다, 안 한다, 좋아한다, 안 한다······ 가로미가 산구절초 꽃잎이 안 좋아한다에서 끝나자 난처한 듯 늘메를 쳐다보았다.

"다른 걸로 해봐. 좋아한다로 끝날 거야."

늘메는 벽돌을 나르며 크게 소리쳤다.

"다시 해볼까?"

바퀴 의자에 앉아 산구절초 꽃잎을 뜯어내던 가로미가 꽃밭으로 가더니 꽃을 한 송이 더 꺾어왔다. 좋아한다, 안 한

다, 좋아한다, 안…… 이번에도 안 좋아한다잖아. 가로미
가 늘메를 향해 소리를 쳤다.

늘메는 허물어진 담장에 벽돌을 쌓는 일이 마음에 들었
다. 이 담장만 있으면 겨울에도 별 탈 없이 포근하게 지낼
수 있을 것만 같았다. 이제 나는 없겠지만…… 그렇게 생각
해도 쓸쓸하지 않았다. 지난번에 읍내에 갔다 온 뒤로 마음
이 한결 가벼워졌다. 난 한번 심술을 부려야 속이 후련한가
봐. 늘메가 벽돌을 담장 위에 포개두었다.

"너 손이 이게 뭐니?"

가로미가 바퀴 의자를 밀며 오더니 늘메의 손을 잡았다.
늘메의 손등은 까칠하게 갈라져 있었다.

"얼마 전에는 발뒤꿈치에 굳은살이 박여 있다고 야단이
더니 오늘은 손 타령이니?"

이내 뽀로통해져서는 바퀴를 굴리고 저쪽으로 가버리는
가로미였다.

늘메는 다시 벽돌을 나르기 시작했다. 어디 손등, 발뒤꿈
치뿐이랴. 어깨는 사내아이같이 넓고 얼굴은 가을 햇볕에
그을려 새까맣게 탄 늘메. 뭐가 어때서. 입을 삐쭉이다가

읍내에 갔을 때 마나님이 사주었던 고운 치마를 떠올렸다. 곱슬곱슬하니 치마가 얼마나 고왔는지 그 감촉을 되새기는데 다시 바퀴 굴리는 소리가 들리더니 가로미가 다가오는 것이었다.

"산지니가 밥 먹으러 오래."

"너는 산지니가 뭐니, 숙모될 텐데."

"너는 가로미가 뭐니, 내가 너보다 나이가 더 많은데. 너도 산지니라고 하잖아."

늘메가 입을 다물고 아무 말을 못했다.

"아무튼 밥 먹자."

흰 밥상보가 올려져 있는 밥상 앞에 만수와 산지니가 이 둘을 기다리고 있었다. 밥상보를 가장 먼저 들추던 늘메가 멈칫했다.

"이게 뭐야, 무지개떡이잖아."

산지니가 곱게 웃었다. 너 기억 안 나니. 네가 하늘바위로 오던 날, 오늘이 그날이야.

"아침부터 뭐 하나 했더니 떡을 만들었군요. 오늘 늘메 생일이구나."

늘메가 고개를 끄덕였다. 내가 바위산 하늘바위로 오던 날요.

"내일모레면 가로미 엄마 아버지 제사 지내야 하는데……"

만수가 무지개떡을 한참 바라보더니 하나 집어 늘메에게 주며 말했다.

"늘메야, 올해는 우리 다 같이 제사 지내자."

"나도 있어두 돼요?"

"그럼, 늘메가 당연히 있어야지."

가로미가 엉덩이로 기어 방안 구석에 쌓아놓은 책 옆으로 가더니 책 사이에서 상자를 하나 꺼내왔다.

"펴봐."

상자를 조심스럽게 열던 늘메의 얼굴이 환해졌다.

"우와 색동 신이다. 색동 신."

정신없이 상자를 들여다보는 늘메를 가로미가 뿌듯한 듯 바라보았다. 이제 너는 나들이를 마치고 꼬까신을 찾으러 온 거야. 너는 정말 돌아온 거야.

늘메가 색동 신을 발에 맞추어보더니 살풋 발을 밀어넣는데 아주 꼭 맞았다. 만수가 말을 이었다.

"가로미가 구해왔어. 삼촌 경운기 타고 영산을 넘는 작은 길을 지나 가죽신 기워주는 할아버지한테 가서 맞춰놨다가 찾아온 거야. 그 신 이름은 옥당혜야. 가죽으로 밑과 겉을 만들고 그 위에 색동천을 박음질해서 만든 신이야."

옥당혜…… 늘메가 속으로 발음해보았다. 옥당혜라 늘메가 한번 발음할 때마다 늘메의 가슴속에 가을 뜨락에 핀 수국 한 떨기가 잔잔하게 떠올랐다. 날렵한 코에 날선한 볼로 쑥 빠져서는 하늘 한 조각 맵시 있게 담아낼 수 있을 것 같은 신발 속에서 덜 마른 가죽 냄새가 났다. 늘메는 옥당혜를 두 손으로 꼬옥 쥐고 코로 가져가 냄새를 맡았다. 어딘가 먼 길이 숨겨져 있는 듯 신발 속에서 나는 씁쌀한 새 가죽 냄새를 늘메는 맡고 또 맡았다.

그러니까 지금은 같이 가자

……그래서 잘살았단다. 사람들은 그뒤에 말했지. 영산에는 산을 지켜주는 매가 있어서 안심하고 사람들은 산을 오른다고.

초의 영감이 와서 제사에 쓰라고 생선 몇 손을 갖다주고선 기어코 이야기 한 자루 털어내고 말았다.

"그뒤로 진짜로 그 누나는 동생하고 잘살았어요? 나쁜 계모하고 그 아들은 영산에서 뱀이 되구?"

가로미가 얼굴이 빨개져 물었다.

"그럼, 잘살았구말구. 찻집 가서 커피도 마시고, 〈목포의 눈물〉도 듣고."

"여학생한테 편지도 쓰고 이렇게 경애하는 애숙씨 그렇죠, 맞죠?"

만수가 밤을 치다가 초의 영감한테 능청을 떨어댔다.

"누가 편지를 썼다고 그래. 도대체 할망구 입이 가벼워서는."

"삼촌, 경애하는 애숙씨가 뭐야?"

늘메가 묻자 만수가 갑자기 무릎을 꿇고 앉더니 애달픈 목소리를 하고는 읊어내렸다.

"경애하는 애숙씨, 이 몸은 애숙씨를 사모하여 밤을 새우고 또 새우다가 이렇게 붓을 들고 말았나이다."

"내 급한 일이 있어서……"

"농담입니다, 제가 잘못했어요. 제사 지내고 제사 나물밥 드시고 가야지 무슨 말씀을요. 오늘은 칠 년 만에 다 모였는데."

사마귀수염을 어루만지며 다시 자리에 앉으려던 초의 영감이 아무래도 민망한 듯 재차 일어섰다.

"고운한테 갔다가 제사 끝나고 난 뒤 오겠네."

초의 영감이 바깥으로 나왔다.

"이제 제법 겨울일세."

마루로 나온 초의 영감이 쌩 하게 코를 한번 풀고 하늘바라기를 했다. 뜰에 무심코 눈을 주던 초의 영감은 뜰 앞에서 서성이는 그림자를 보았다. 산지니였다.

뜰로 내려간 초의 영감이 헛기침을 하자 산지니가 깜짝 놀라 주춤거리더니 공손하게 고개를 숙인 채 막 가려 하였다.

"음식 준비는 대충 끝났나?"

산지니가 고개를 끄덕였다. 네, 다 끝났어요. 참 푸짐하게 깨끗하게 정성을 다해서 준비했지요.

"그럼, 우리는 고운한테나 같이 올라갈거나. 세 식구만 나란히 손님 맞게 하구."

밤길 저 멀리 호드기 소리 같은 밤 부엉이 소리가 우우우 우우우 들려왔다. 바람이 날카로운 얼음 조각 같은 걸 뱉어내는 것처럼 싸늘한 밤이었다.

"겨울이 오기 전에 식을 올려야지."

산지니는 초의 영감의 뒤를 조용히 따라갔다. 그러고 싶어요. 제가 왜 이렇게 제 욕심만 부리는지 모르겠어요. 제가 여기에 남으면 늘메는 산으로 올라가야 하는데도 고운 할아버지가 향비파 소리를 내어주기만 이렇게 애타게 기다리니……

고운 영감도 뜨락에서 홀로 거닐고 있었다. 고운 영감은 많이 여위어 걸을 때마다 마른 나뭇잎 바스락거리는 소리를 냈다.

"오늘 칠 년 만에 가로미 엄마 아버지 마음 턱 놓고 따뜻한 밥 먹고 가겠구먼."

만수는 제사상에 말간 청주를 한잔 올렸다. 가로미도 앉아서 청주 한잔을, 늘메도 청주 한잔을 제각각 올렸다.

"절하자."

가로미는 자꾸만 뒤를 돌아 늘메를 보았다. 이상했다. 이렇게 함께인데도 늘메는 곧 먼길을 떠날 것만 같았다. 지금이 아니면 내일이라도 내일이 아니면 그 언제라도 떠나버릴 것만 같은 늘메는 다리가 저린지 주먹으로 종아리를 꽁꽁 때리고 있었다. 늘메, 너 정말 우리를 두고 갈 거니? 늘메와 가로미의 눈이 마주치자 늘메가 생긋하고 웃었다. 가로미가 얼른 눈을 피해 제사상을 쳐다보았다. 상 위에는 나란히 까만 줄을 가장자리에 매고 있는 사진이 있는데 가로미는 그 까만 줄 안으로 들어가 영영 나오지 않았던 엄마와 아버지를 떠올렸다. 그 생각이 가로미의 얼굴을 일그러지게 하였다. 만일 늘메가 떠난다면…… 싫어, 난 못 떠나게 할 거야. 난 늘메 오빠잖아. 오빠……라는 말이 머릿속에 떠오르자 가로미는 깜짝 놀라버렸다. 그래, 난 오빠야, 늘메 오빠.

"상 치우자. 늘메는 병풍 걷고 사진은 가로미가 잠깐 들고 있고."

일찍 고운 영감네에서 내려온 산지니가 삼촌과 함께 상을 치웠다. 삼촌은 가로미에게 사진을 건네주며 말했다.

"사진, 창호지에 잘 싸두어야 한다."

가로미는 사진을 받아든 채 가까이에서 엄마 아버지를 들여다보았다. 병풍을 거두어내던 늘메가 나란히 앉아 이마를 맞댔다.

"사진이 낡았어. 이젠 다시 찍을 수 없겠지?"

"이젠 우리 사진 찍어야 돼. 이 사진은 창호지에 싸두었다가 일 년에 한 번씩만 꺼내는 거야."

늘메가 사진 위에 손을 갖다대고 손가락으로 엄마의 이마 눈 코 입 목 아버지의 얼굴선을 하나하나씩 따라서 그려보았다. 이마는 산이고 눈은 별이고 코는 봉우리 입은 샘물…… 어느새 엄마 아버지의 얼굴이 영산 곳곳에서 늘메가 항상 보아왔던 풍경으로 번져나갔다.

"자, 창호지."

가로미가 창호지로 사진을 쌌다. 꼭꼭 사진을 보고 또 귀퉁이를 접어 손으로 누르는데 늘메가 아쉬운 듯 자꾸만 보았다.

"이젠 안 보여. 마음속으로 들어간 거야."

"그래, 맞어."

"이젠 이 오빠가,"

"오빠?"

늘메가 푸하하 웃음을 터뜨리자 가로미의 얼굴이 빨갛게 달아올랐다.

"너 나 깔봤지?"

"무슨, 그냥 너무 웃겨서……"

가로미는 손주먹을 한번 세게 쥐었다.

"한번은 내가 너를 지킬 거야. 난 네 오빠니까."


제삿밥을 먹으러 오겠다던 초의 영감과 고운 영감이 오지
않아서 나물밥을 비벼놓고는 모두 한참을 기다려야 했다.
만수가 직접 가보겠다고 일어서서 막 대문으로 가려는데 때
마침 초의 영감이 대문 안으로 들어섰다.

"아니, 이게 웬일이에요?"

초의 영감의 바지는 다 찢겨진 채였고 손에선 피가 흐르
고 있었다.

"늘메야, 빨리 집에 가보자. 어떤 놈들이 향비파를 훔쳐
달아났어."

그 순간 산지니와 늘메의 얼굴이 하얗게 질렸다. 늘메가
뛰어가려는데 가로미가 늘메의 다리를 꽉 붙잡았다.

"나도 데리고 가."

"안 돼, 큰일이 났어."

가로미는 늘메의 다리를 놓지 않으려고 힘이 없는 두 발
에 힘을 주느라 얼굴까지 붉게 달아올라 있었다.

"같이 가야 돼. 언제나 너만 그렇게 험한 일 하고 나는 가

만히 있고 이젠 안 돼."

늘메가 망설이다가 가로미에게 등을 내밀었다.

"그래, 같이 가자."

가로미가 늘메의 등에 업히며 두 손으로 허리를 단단히 감쌌다.

"왜 하필이면 영산으로 달아났을까?"

늘메는 불안하게 말했다. 왠지 영산에서 나쁜 일이 일어날 것 같았기 때문이었다.

"늘메야, 너를 힘들게 해서 미안해."

향비파를 찾겠다는 급한 마음으로 정신없이 영산으로 들어오긴 했지만 산지니는 금방이라도 울고 싶은 심정이었다.

"그렇지 않아. 왜냐면 지금은 그런 말할 때가 아니니까."


깊은 영산으로 숨어버린 사람들을 찾아내기는 이 어둠 속에서 여간 어려운 일이 아니었다. 굽이굽이 산허리를 둘러싸고 있는 산길이 몇 개던가. 숲으로 깊이 나 있는 길은 또 몇 개이며 계곡이며 바위며 만일 눈에 띄지 않는 바윗길에 숨어버렸다면 영산을 손바닥 들여다보듯 하는 늘메나 산지니에게도 이는 충분히 난감한 일이었다.

산허리를 굽이도는 두 갈래 길에 이르렀을 때 늘메는 나지막하고 길게 휘파람을 불었다. 잠시 후 어둠 속에서 푸드덕거리는 날갯짓 소리가 들렸다. 밤 부엉이 두 마리였다.

"너네들 영산으로 들어온 이상한 아저씨 둘 못 봤니?"

어둠 속에서도 눈빛이 파아란 점처럼 빛나는 부엉이 두 마리를 보자 가로미는 겁이 나는지 새우처럼 몸을 오그려 늘메의 등에 딱 붙었다. 늘메가 부엉이와 이야기를 하다 말고 가로미의 엉덩이를 철썩 때렸다.

"지금은 겁을 내면 안 돼."

가로미는 부끄러워 어둠 속에서 혼자 얼굴을 붉혔다.

낯선 사람 둘이 계곡 나무다리 쪽으로 갔어. 부엉이 가운데 하나가 대답했다. 언제? 그러니까…… 부엉이가 영산 위에 떠오르는 달을 쳐다보았다. 저 달이 하늘바위 위로 떠오르기 전에.

늘메가 산지니에게 눈짓을 했다. 산지니야, 네가 매로 변해서 하늘바위 위로 올라가서 한번 계곡 나무다리 쪽을 살펴봐. 부엉이들은 항상 저렇게 얘기한다니깐. 하룻밤 사이

에도 달은 몇 번이나 모습을 감추고 나타내고 하는데 말이
지. 산지니가 산허리 갈래길 왼편으로 달려갔다.

"우리는?"

가로미가 뒤에서 물었다.

"걸어서 나무다리 쪽으로 가보자. 계곡까지 가려면 숲길
다섯 개를 지나가야 해. 아직 나무다리까지는 못 갔을 거
야."

"너 또 빨리 달릴 거지?"

가로미가 늘메의 어깨를 단단히 움켜잡았다.

"그래, 눈 꼭 감아, 가로미야."

가로미는 눈을 꼭 감았다. 귓가의 쌩쌩거리는 바람소리
때문에 가로미의 귀가 불에 덴 듯 쓰라렸다.


하늘바위 위에서 나무다리 쪽을 내려다보던 산지니는 아
직 아무도 보이지를 않자 아래로 내려가보리라 마음먹었다.
몸을 굽혀 날개를 옆구리에 감추고 밑으로 내려가던 산지
니의 머릿속에 생각 한줄기가 번개처럼 내리꽂혔다. 그러니
까 저 나무다리는 아직 손보지 않았잖아. 전에 뱀 잡는 아저

씨가 낡은 나무다리를 건너다가 계곡에 빠질 뻔했던 생각이
났다. 만일 늘메가 그것을 모르고 나무다리를 건넌다면 정
말 큰일이었다.

"빨리 가자, 빨리."

산지니는 머리에서 꽁지깃 끝까지 곧추 폈다. 바람이 깃
사이로 들어오지 않도록 깃과 깃을 맞붙였다. 숲 사이에 내
려앉은 산지니는 우우, 큰 소리를 한번 질렀다. 늘메야, 늘
메야. 늘메는 막 세번째 숲길로 들어서던 중이었다. 늘메가
하늘을 향해 똑같이 우우, 나 여기 있어 하니 곧 산지니가
가까이로 날아왔다.

"매다, 늘메야."

가로미가 날아오는 매를 향해 소리쳤다.

"쉬잇, 조용히 해. 들리면 그 사람들이 더 깊이 숨잖아."

가로미는 매를 보았다. 어둠 속에서도 흰빛 점이 눈처럼
날리는 매였다. 매는 날아와 늘메 앞에 사뿐히 내려앉았다.
가로미가 무서워서 늘메의 등에 굴껍질처럼 꼭 달라붙었다.

"놀라지 마, 얘는 산지니야."

"산지니라구?"

"쉿, 비, 밀, 이, 야."

그 사람들 봤니? 아니, 아직. 그런데 왜 왔어? 산지니는
늘메의 귀에다 대고 무언가 속삭였다. 저 매가 산지니라구?
그렇다면 영산을 지킨다는 그 신비한 매가 산지니인 거야?
가로미는 늘메의 등뒤에서 숨을 죽이며 뚫어져라 매를 바라
보았다. 산지니는 다시 날아갔다. 늘메가 길섶에 가로미를
잠시 내렸다.

"늘메야, 넌 정말 모를 애야."

길섶에 앉은 가로미가 늘메를 쳐다보았다. 늘메의 눈빛
역시 어쩌면 매의 눈빛과 같은 게 아닐까 가로미는 저절로
눈이 시어져 깜박거렸다.

"나무다리가 낡아서 난간이 부러졌대. 그래서 산지니가
알려주러 온 거야. 그 아저씨들이 모르고 나무다리를 건너
면 큰일나거든. 여기서 잠시만 기다려."

늘메는 뒤도 돌아볼 새 없이 훌쩍 달려 숲길을 빠져나갔
다. 혼자 남은 가로미는 늘메가 사라진 숲길 쪽을 하염없이
쳐다보고 또 쳐다보았다.

가로미는 산에서 사라져버린 꼬마 동생을 생각했다. 말을

한 적은 없으나 늘메가 제 꼬마 동생일 거란 짐작을 가로미는 진즉에 하고 있었다. 가로미는 복잡해지려고 하는 마음을 얼른 두 눈을 꼭 감아 지웠다. 그래, 지금은 때가 아니었다. 언젠가 혼자서 늘메에 대해서 두고두고 잘 생각해보리라고 마음먹었다.

얼마 안 가 늘메가 돌아왔다.

"가로미야, 그 아저씨들을 찾았어."

가로미의 눈이 반짝 빛났다.

"어디에서?"

"네번째 숲길 붉은 소나무 밑에 앉아 있어."

늘메가 뒤돌아서서 가로미에게 말했다.

"나, 혼자 갈 거야. 내가 돌아올 때까지 넌 여기서 기다려."

가로미가 고개를 저었다.

"같이 갈 거야."

"같이 가면 위험해."

"위험해도 갈 거야. 늘메야, 나 데리고 가."

늘메가 무릎을 굽히고 앉았다.

"지금은 혼자 가야 돼."

가로미의 눈에 눈물이 고였다.

"넌 언젠가 혼자 갈 거야. 그러니까 지금은 같이 가자. 나두 널 위해 뭔가 하고 싶어."

가로미의 눈물을 늘메가 손등으로 닦아주었다.

"그래, 알았어. 그런데 앞으로도 언제나 같이 갈 거니까 아무런 걱정은 하지 마."

늘메는 가로미를 업었다. 넌 깃털처럼 가벼워서 언제나 난 마음이 아파…… 늘메의 눈에 눈물이 고였다. 내가 산으로 가려는 건, 가로미야 알겠니? 네가 옥당혜 그 고운 신발을 나한테 주었기 때문이야. 그 신발은 나에게 이렇게 말했거든. 늘메야, 엄마를 위해, 산지니를 위해, 산으로 가자, 그게 정말 착한 일이야.

늘메는 천천히 걸어 숲길을 빠져나갔다.

"저 아저씨들 소나무 밑에서 불을 피우고 있어. 뭔가 먹으려나봐."

가로미가 알아들었다는 듯 고개를 끄덕였다.

"내가 몰래 가서 아저씨들을 묶어놓고 향비파를 가져오면 돼."

"향비파 그거 우리한테 꼭 필요한 거니?"

가로미가 늘메의 귓가에다가 입술을 붙이고 낮게 말했다. 늘메는 한 치의 망설임도 없이 고개를 끄덕였다.

"왜?"

"산지니를 사람으로 변하게 해줄 거거든. 만일 저절로 소리가 난다면 말이지. 우린 그때까지 향비파를 잘 가지고 있어야 돼."

"사람으로? 매를? 아니, 산지니를?"

"가로미야, 삼촌한테, 아니 그 누구에게라도 말하면 안 돼."

가로미는 처음 늘메를 만나던 때를 떠올렸다.

"그 새가 산지니였구나. 읍내 장터에서 나를 구해준 새가."

늘메는 목소리를 높이는 가로미에게 돌아보며 쉬잇 하였다. 가로미가 알았다는 듯 고개를 끄덕끄덕하였다. 그러니까 산지니가 말을 못하는 것도 언제나 영산을 쳐다보던 것도 어느 날 갑자기 사라져버린 것도 이제야 다 이해가 가는 일이었다.

"가로미야, 전에 산지니 없어졌을 때 삼촌 앓아누웠던 것 기억나니?"

가로미가 또 고개를 끄덕끄덕하였다. 그러니까 향비파 소리는 사랑하는 사람을 불러모으는 소리인 거구나. 그렇구나.

갑자기 눈앞에서 매캐한 연기가 뭉실뭉실 솟아오르는 듯했다. 어디선가 나무 타는 냄새가 풍겨나왔다. 늘메가 재빨리 뛰기 시작했다. 산지니는 나무다리 난간을 고치기 위해 계곡 쪽으로 날아갔다. 누구라도 다치면 안 돼. 만일 불이 났다면 그 아저씨들은 아직 산지니가 고치기 전인 위험한 나무다리를 건너려고 할 것이다. 늘메의 마음이 급해졌다.

"불이 났어!"

그 아저씨들이 잠시 쉬고 있던 네번째 숲길 쪽에서 불은 마른 초겨울 숲을 슬슬 먹어가고 있었다. 불이 번지고 있는 숲길 앞에 다다르자 늘메는 가로미를 내려놓았다.

"여기 있어. 내가 금방 갔다 올게."

늘메는 숲길 한가운데 붉은 소나무 쪽으로 걸음을 옮겼다. 한번 붙기 시작한 불은 나뭇등걸 하나를 급하게 먹어치

우더니 키 작은 나무들을 무섭게 삼켜가는 중이었다. 숨이 막힐 것 같은 연기와 붉은 재가 사방에서 떨어져내렸다.

아악 하는 비명 소리가 사나운 불길 속에서 들려왔다. 한 남자가 나무다리 쪽으로 불길을 피해 도망가고 있었고 그 남자의 등에는 시커멓고도 벌건 나뭇가지가 떨어져 이미 온몸으로 시뻘건 불이 번져가고 있었다. 늘메는 그 남자 쪽으로 뛰어갔다. 그곳은 불 한가운데였다.


가로미는 자기 쪽으로 향해 오는 불길을 보았다. 산 전체가 붉은 등을 켠 듯 환했다. 아마도 불이 늘메가 들어간 저 숲길을 다 먹어버린 것은 아닐까. 가로미는 연기 때문에 얼굴을 들 수가 없었다. 눈과 코를 무릎 속에 파묻고 귀를 막았다. 늘메가 돌아오기를, 돌아오기를. 그러나 늘메는 돌아오지 않았다. 불길은 점점 가로미를 향하여 튀밥 같고 숯검정 같은 재를 날리며 달려들었다. 저 불이 늘메를 먹어버린 건 아닐까.

가로미는 소름이 끼쳤다. 저 불, 늘메가 들어간 불길 속으로 가로미는 들어가보고 싶어졌다. 늘메를 도와줘야 해.

221

가로미는 두 발에 힘을 주었다. 늘메를 알고 난 다음부터 한 번은 늘메를 도와줄 날이 오리라 생각해왔던 가로미였다. 그때가 바로 지금 같았다. 가로미는 눈을 꼭 감았다. 두 발로 저곳까지, 늘메에게, 늘메에게로. 가로미는 일어났다. 자, 내 발로 걸어, 늘메에게, 늘메에게로.

　가로미는 두 발로 디뎌가며 불꽃을 향해 저 고요한 불꽃 속을 향해 걸었다. 천천히 온 힘을 다해 걸어나갔다. 그 걸음은 가로미가 세상에 태어나 단 한 번도 해보지 않았던 두 발로 걷기였다. 어서, 빨리, 늘메에게로. 어느 날 산에서 사라졌던 꼬마 동생을 찾으러 가로미는 걷기 시작했다.

마음의 말은 들어서 아는 게 아니잖아요

나무다리 난간을 칡덩굴로 동여매고 있던 산지니는 네번째 숲길에서 성난 손을 마구 휘두르는 불길을 보았다. 아직 다리 난간을 산지니는 다 동여매지 못한 참이었다.

　잠시 망설였다. 그러다가 산지니는 불길한 느낌이 들었다. 아무래도 늘메와 가로미에게 무슨 일이 일어난 것만 같았다.

　산지니는 칡덩굴을 손에서 놓고 숲길을 향해 날아갔다. 다섯번째 숲길로 한 남자가 향비파를 안고 뛰어 계곡 쪽으로 오고 있는 것을 산지니는 보았지만 지나칠 수밖에 없었다.

이미 불길은 솟아올라 산지니가 숲을 향해 낮게 몸을 낮추었을 때 날개를 태울 듯이 천 개 만 개의 손을 내밀고 있었다. 산지니는 불길을 피해 몸을 움츠렸다가 다시 계곡 쪽으로 날아갔다. 계곡물 한가운데를 향해 산지니는 화살 꽂히듯 내려가 온 깃털에 물을 묻혔다. 그러고는 계곡을 지나 숲을 향해서 날아갔다. 깃털 속에 잔뜩 묻어 있는 물기는 산지니를 빨리 날지 못하게 했다. 산지니는 느리게 비틀거리며 날아갔다.

숲속으로 들어가니 산지니 깃털 위로 불이 붙은 소나무 가지들이 아래로 떨어졌다. 산지니는 깃털을 오므렸다. 불똥 하나가 산지니의 머리 위에 떨어졌다. 머리 깃털에 불이 붙자 날개를 들어 머리 위에 붙은 불꽃을 쫓아냈다. 산지니의 이마는 뜨거웠고 참을 수 없는 쓰라림에 고통스러웠다.

한참을 헤매던 산지니가 가로미를 발견했다. 가로미는 늘메의 어깨를 싸안은 채 정신을 잃고 있었다. 그 옆에는 한 남자가 이미 숯검정처럼 굳은 채 늘메의 웃옷에 덮여 있었다. 늘메는 웃옷으로 그 남자의 등에 붙은 불을 끄려고 했던가보았다.

산지니는 가로미를 등에 태우고 부리로는 늘메를 물었다. 그러나 불길 속을 뚫고 하늘로 날아오르는 일은 도통 쉽지가 않았다.

"엄마."

산지니는 지킴이를 불렀다.

"제발 제가 이 불길을 뚫고 나가게 해주세요."

산지니는 눈을 감았다. 불꽃이 깃털을 다 삼켜버릴 것처럼 무섭게 입을 벌렸다. 산지니는 하늘로 날아올랐다. 잠시후 하늘에 불덩이 하나가 솟아올랐다. 온 깃털에 불꽃을 단매 한 마리였다.

산지니는 계곡을 향해 있는 힘껏 날아올랐다.

"힘을 모두 눈에 모으자."

매의 힘은 눈빛에서 나온다고 언젠가 지킴이는 말했었지. 눈빛으로 힘을 모으고 모아 계곡으로!

비틀거리며 산지니는 계곡으로 날아들었다. 그러고는 늘메와 가로미를 계곡 바위에 내려놓았다. 날개 한쪽으로 심한 통증이 전해왔다. 산지니는 부리로 날개를 한번 쪼아보다가 비명을 질렀다.

"위험해!"

계곡 나무다리 위에 향비파를 가슴에 껴안은 한 남자가
서 있었다. 남자의 무게를 이기지 못한 채 나무다리 난간을
묶어놓았던 칡덩굴이 끊어지려는지 나무다리는 삐그덕거
리며 점점 아래로 기울고 있었다. 남자는 나무다리 가운데
서 떨고 있었다. 끼익 그 소리는 산 전체를 울렸고 얼마 안
가 나무다리는 끊어져버리고 말았다. 남자는 큰 소리조차
한번 내지 못하고 계곡으로 떨어졌다.

"향비파도!"

산지니는 날개 한쪽만 편 채 계곡으로 날아갔다. 반대 방
향으로 바람이 부는지 한쪽 날개만으로 날던 산지니는 공중
에서 한번 뒷걸음질쳐야 했다. 그러나 계곡을 향해 산지니
는 날아갔다. 계곡의 흐르는 물에 그 남자와 향비파가 계단
폭포 아래쪽으로 떠내려가는 게 보였다.

"향비파부터."

산지니에게는 한번 더 날아오를 힘이 없었다. 향비파만
건져내면 그 자리에서 쓰러질 것 같았다.

"저 사람은?"

남자는 계속 떠내려가고 있었다.

"내가 저 남자를 먼저 구하면?"

산지니는 자신에게 기회가 단 한번밖에 없다는 것을 알고 있었다. 그건 향비파와 남자, 둘 가운데 하나만 고를 수 있다는 얘기였다. 그 남자를 구하게 되면 산지니는 사람이 될 수 없었다. 향비파를 건져올리면 그 남자는 물에 빠져 죽게 될 것이었다.

산지니는 지킴이를 떠올렸다. 산지니야, 네가 늘메를 위해 산을 지켜라. 산밑 마을에서의 추억은 두고두고 가슴에 그 밑에 잘 싸두고. 산지니는 만수를 떠올렸다. 겨울이 오면 집도 늘리자구요. 있죠, 당신은 말을 할 수 없지만 난 다 들을 수 있어요. 마음의 말은 들어서 아는 게 아니잖아요.

산지니는 아래로 내려갔다. 나무 타는 냄새를 고약하게 입에 문 바람이 살점을 뜯어낼 듯 거세게 불어왔다. 산지니는 눈을 감았다. 두 눈에서 눈물이 마구 흘러내려 앞을 가리웠다. 아래로 내려간 산지니는 남자를 부리로 물고 마지막 힘을 다해 공중으로 날아올랐다. 향비파는 거센 물살 속에 바위에 이리저리 부딪치며 계단 폭포 쪽으로 떠내려갔

다. 남자를 계곡 바위까지 물고 온 산지니는 쓰러졌다. 이미
눈이 자꾸 감겨 앞은 어둠침침한데도 희미한 저쪽 너머에서
미칠 듯 타오르는 불길이 보였다. 머리를 돌 위에 갖다댄 채
산지니는 잠시 숨을 골랐다.

"계단 폭포 밑으로 한번 가보자. 향비파가 그곳까지 떠내
려왔는지 몰라."

산지니는 우우 큰 소리를 냈다. 이제 영원히 사람이 될 수
는 없게 되었다. 그러나 산지니는 한 번만이라도 향비파를
보고 싶었다.

"부서졌으면 남은 조각이라도 건져내자."

산지니가 다시 일어났다. 못쓰게 된 한쪽 날개로 아픔이
크나크게 몰려왔다. 남은 날개를 펄럭여보았다. 한번 굽혔
다 폈다 다시 한번 굽혔다 폈다 산지니는 있는 힘껏 날아서
계단 폭포로 갔다.

폭포 아래 큰 소까지 이미 향비파는 다다라 있었고 다 부
서져 몇 개의 조각만이 둥둥 떠다니고 있었다. 산지니는 하
나씩 조각을 물어 바위틈에 올려놓았다. 눈에 띄는 조각이
란 조각은 모조리·물어 바위 위에 올려놓은 산지니는 하나

씩 하나씩 그 조각을 향비파 원래 모습대로 맞추어나갔다.

그러나 소리통은 하나의 짝이 떨어져나갔고 줄 다섯 개가 모두 사라져버린 채였다. 줄조이개는 겨우 하나가 남아 있었고 목은 반쯤 남아 덜렁대는 참이었다. 이리저리 바위에 부딪혀 다 부서진 모양이었다.

산지니는 고개를 숙이고 그 앞에 한참을 앉아 있었다. 저 산불보다 더 거센 슬픔의 불이 고요하면서도 사납게 가슴 한가운데에 타올랐다. 그 불은 점점 커져 가슴속을 나와서 바깥으로 점점 멀고 아득하게 타올랐다. 그 불 가운데 앉아 산지니는 슬피 울었다. 목청 속에 아리디아린 붉은 인삼 열매가 돋아들 만큼 열매 과육이 다 터져 그 속에 품은 소담한 씨앗을 살포시 보여줄 만큼 그리 울었다. 그때였다. 부서진 향비파 위에 박새 식구들이 날아온 것은.

산지니의 울음소리를 듣고 찾아왔던 박새 식구들이 산지니의 머리 위를 조심조심 날더니 곧 향비파 위에 앉았다. 울지 마, 산지니야, 그렇게 슬프게, 슬프게 울지 마.

살금살금 스리슬쩍 올망졸망 옹기종기 사뿐사뿐 천장지방 은근도리 요리조리 쉬잇 조용히, 다시 아리고리 아리리 오 옹골지골 골고리데굴 서라시리 나니노리 오셔이져 저리 달궁 궁그리리 보리푸리 다디됴리 셔서리어져. 산지니야 울지 마, 제발. 네가 그렇게 울면 영산이 이렇게 어져 어러러리 어져 다리리리 어져 셔러? 내 애기, 어져 가여? 내 애기, 어져 그리? 내 애기.

산지니는 서서히 울음을 그쳐갔다. 박새 식구들이 부서진 향비파를 밟을 때마다 향비파는 박새의 발가락 연한 핏줄 사이로 조금씩 조금씩 노래하고 있었다.

"향비파, 향비파가 우네. 노래하네. 내 가슴을 줄 삼아 저 박새들을 악사의 손가락 삼아 노래하네. 저절로 소리가 나네."

산지니의 머리칼이 깃털이 아닌 연한 살점 위에 불이 지지고 간 아픔이 새파랗게 돋아들고 있었다. 자, 다시 들어보자. 이렇게 눈을 감고 자, 어느 봄날 저녁 환한 마늘등이 머루등이 강물을 조용히 거슬러갈 때 그 가슴에 담은 불이 물그림자에 어리듯 미나리를 넣고 화하게 무쳐놓은 청포묵의 들기름 냄새가 머리칼을 흔들고 가듯 은행나무 밑 보랏빛 머리핀이며 도라지밭 서붓거리던 도라지 흰 별이며 부순아 우리 어미소 부순이 외양간 기둥에 꽂아두었던 과꽃이며 이렇게 마음을 읽어내리는 게 진짜 마음을 아는 거지 그 순한 사람의 눈빛이며……

산지니는 제 몸을 조용히 만져보았다. 이제 산지니는 더이상 매가 아니었으므로 산은 추웠고 다리는 들 수 없을 만큼 아팠고 팔은 쓰라렸다.

아직 불로 뒤덮인 영산에 아무 일 없었다는 듯 새벽이 왔다. 산지니는 일어나서 늘메와 가로미가 있는 계곡 바위를 향해 천천히 걸었다.


겨울이 왔다. 고운 영감은 인동덩굴을 그려 겨울 햇살이 밥상보처럼 일렁거리는 마루에 펼쳐놓았다. 연한 먹으로 야물게 마무리가 된 인동덩굴은 마루 위에서 겨울 햇살을 쫓아가고 있었다.

옆에서 중년의 제자가 열심히 그림을 들여다보았다. 아마도 저 인동덩굴은 힘있는 겨울의 손바닥일 거라고 그는 생각했다.

"자네 섭섭하지. 내가 향비파를 도둑맞아서."

"예, 조금은…… 아니 많이……요."

그럴 게야, 그럼. 고운 영감은 고개를 끄덕이고 또 끄덕였다.

"그래도 향비파는 우리나라에 또 있으니까……"

제자는 애써 섭섭한 표정을 감췄다.

"이 겨울이 가면 어딘가에서 우리들이 그 소리를 들을 수 있을 테니까요. 인동덩굴처럼요. 그렇지요, 선생님?"

"너무 섭섭하게 생각하지 마시게. 그때 영산에 불을 끄기 위해 올라갔던 사람들 중에 향비파 소리를 들었다는 사람도 있다네. 누가 향비파를 켰는지는 모르지만 누군가가 그 소리를 알고 켰을 거야. 글쎄, 그게 누굴까."

제자에게 말할 수는 없지만 고운 영감은 그 정답을 알고 있었다.

"아마도 간절한 마음이 여럿 모여 소리를 냈을 거야."

제자가 돌아가고 난 뒤 고운 영감은 가로미네 집으로 내려갔다. 오늘이 늘메를 데리고 영산으로 들어가는 날이었다. 모두 마당에 모여 있었다. 가로미도 만수도 산지니도, 그리고 늘메도.

'저놈, 언제 바퀴 의자를 면하려누.'

고운 영감은 가로미를 바라보았다. 가로미는 바퀴 의자에 앉아 늘메가 들어가려는 영산 쪽을 하염없이 쳐다보고 있었다.

"늘메야, 가자꾸나. 날 어두워지기 전에, 어서."

보퉁이를 꼭 안고 있던 늘메가 고운 영감에게 잠깐만 기다려달라고 말하고 난 뒤 가로미의 바퀴 의자를 밀고 뒤뜰로 갔다.

"한번 걸었으니까 다시 걸을 수 있어."

가로미가 늘메에게 조용히 영산을 가리켰다.

"네가 다시 오면 저 영산에서 다시 오면 그때 걸을 거야."

"바보같이 왜 그래?"

대꾸는 않고 가로미는 늘메의 보퉁이를 빼앗아 펼쳤다.

"다 넣었지?"

보퉁이 안에는 초의 영감 내외가 사준 치마와 옥당혜가 가지런히 들어 있었다.

"사진은? 엄마, 아버지, 나 그리고 너."

가로미는 너라는 말을 힘주어 했다. 늘메는 윗주머니를

가리켰다.

"잊어버리지 마, 그거 하나니까."

늘메가 고개를 끄덕였다.

"난 정말 좋은 약초 의원이 될 거야. 내가 만든 약 먹으면 마음에 든 아픔도 낫게 해주는."

"넌 그렇게 할 거야. 넌 이제 네 마음 때문에 아픈 게 아니고 나 때문에 일부러 아픈 거니까."

늘메가 가로미를 안았다. 그러곤 마음속으로 오빠……라고 불러보았다. 일순 마음이 따뜻해졌다.

"산 춥고 싫으면 금방 내려와, 알았지?"

"새 다리에다 편지 꽁꽁 매어서 마을로 날려보낼게."

"늘메야, 그냥 우리 같이 살자. 같이 영산 가자. 그럼 되잖아."

가로미의 어깨가 들먹거렸다. 머리를 바퀴 의자 손잡이에 기대고 가로미는 소리를 내어 울었다. 바보 가로미, 네가 약초 의원이 되려면 내가 영산을 잘 지켜 약초 많이 자라게 해야 하잖아.

두 손을 벌려 영산만큼 넓고 크게 늘메는 품을 만들어 가로미를 안고 오래오래 서 있었다. 가로미는 늘메의 품이 꼭 엄마의 품 같다고 생각했다. 눈물은 흐르고 또 흘렀다. 그 치려고 해도 자꾸자꾸 큰 강물처럼 흘렀다. 늘메야, 내 꼬마 동생 늘메……

"진단법을 외워봐라, 가로미야."

시간이 흘러 가로미가 초의 영감과 공부하는 마루 위까지 봄은 차올라 있었다.

"진단법에는 네 가지가 있어요. 첫째는 눈으로 열심히 지 켜보는 망진법이에요."

망진법……이라는 말을 입에 굴리면서 가로미는 눈으로 열심히 병을 바라보는 의원처럼 영산을 바라보았다. 늘메는 지금 영산 어디쯤 어느 모퉁이쯤 서서 마을을 쳐다보고 있 을까.

가로미는 이제 아주 조금 영산을 알 것 같았다. 왜냐하면 늘메를 생각하면 영산이 금방 마음의 지도 위로 나타났기 때문이었다. 가로미는 눈앞이 아려왔다. 영산에는 얼굴이 있다……고 가로미는 생각했고 그때마다 늘메가 보고 싶

어졌다. 봄 여름 가을 겨울 그 어느 시간의 모롱이에 영산은
서 있을까…… 하고 가로미는 생각했고 그때마다 늘메가
보고 싶어졌다.

가로미는 조그맣게 영산, 그리운 늘메, 늘메, 그리운 영
산……이라고 불러볼 때마다 한 까치마늘 새순만큼은 행
복했다. 그 까치마늘 행복은 그러나 마늘처럼 아렸다.

"네 이놈, 공부하다 말고 웬 산은 그렇게."

"그러니까 또 진단법에는 망진법 말고도 문진법이 있
는데 그건 환자의 몸과 마음에서 나는 소리를 잘 들어보
는……"

작가의 말

# 우리나라 산과 강과 물의 이야기

이 세상에서 쓰이는 글 가운데 가장 어려운 글은 동화가 아닐까 하고 저는 『가로미와 늘메 이야기』를 쓰면서 참 많이 생각했습니다. 잘 쓰는 것이 중요한 일이 아니라 정직하게 쓰는 일이 중요하다는 생각을 하게 된 건데, 사람이 글을 쓰면서 정직해지기가 어디 쉬운 일이어야 말이죠. 글을 다 쓰고 난 뒤 차근차근 읽어보며 군데군데 드러난 정직하지 못한 사람으로서의 저의 모습이 참 부끄러웠어요.

저는 학생으로서 독일에서 공부를 하게 된 지 일 년 반이 되어갑니다. 일 년 반 동안 독일이라는 이방의 언어가 제가 가진 삶의 조건이 되면서 언어에 대한 생각, 그 언어로 쓰인 이야기에 대한 생각을 많이 했어요. 그 생각을 가만히 정리해보면 결국 저의 몸과 마음, 머리끝에서 발끝까지 우리나라 산천이 키워준 나에 대한 생각일 거예요. 서양인이 가득 타고 있는 버스 안, 독일 학생들만 앉아 있는 강의실, 옆방에 외국인이 살고 있는 기숙사······ 그런 시간들 속에서 우리나라 식품을 팔러 오는 트럭을 애타게 기다렸던 저는, 지금 여기 독일이라는 곳에서 사는 저는, 사람으로서 사는 것이 아니라 허깨비로서 사는 셈이었지요.

『가로미와 늘메 이야기』는 그러니까 지금 제가 가진 삶의 조건을 부정하면서 씌어진 것이고, 그 부정은 '뜨거운 눈물과 함께' 멀리 있는 제 마을에 대한 그리움으로 이어진 것이고요.

그래서 저는 우리나라 산과 강과 물과 모습이 닮아 있는 이야기, 풀과 새, 꽃의 이름을 정확하게 불러주는 이야기, 그리고 그 산천에 사는 사람들의 상처를 치유해주는 이야기를 쓰고 싶었어요. 독일에서 그런 글을 쓸 때의 어려움은 우리나라에 있으면 아무것도 아닌 일에서 시작되고 끝나지요. 참고할 책을 보내준 서울의 얼굴도 모르는 후배들, 가난한 저를 위해 컴퓨터로 원고지를 그려준 유학생 친구들, 옆에서 항상 저를 다독거려준 독일에서 만난 우리나라 친구들, 지나고 나니 이 책은 그런 분들과 함께 썼다는 생각이 들어요. 정말 고맙습니다.

저는 이 글을 통해 많이 배웠고 매일같이 비 오는 독일의 겨울 동안 주인공들과 함께 살았지요. 이제 봄이 왔으니 정말 따뜻하게 얼굴을 털고 찬 봄물에 세수 한번 하고 싶어요.

1994년 5월
허수경

개정판 작가의 말

외로운 한 아이에게 이 책을 드린다.

그리고 꼭 말하고 싶다.

사랑한다고.

멀리,

멀리서 누군가는 너를 사랑하고 있다는 걸 잊지 말라고.

그 사람도 외로웠다고.

2018년 5월
허수경

# 가로미와 늘메 이야기

ⓒ 허수경 2021

초판 1쇄 인쇄 2021년 9월 23일
초판 1쇄 발행 2021년 10월 3일

지은이 허수경
펴낸이 김민정
편집　유성원 김동휘 송원경 김필균
디자인 김이정
마케팅 정민호 김도윤 방선영
홍보　김희숙 함유지 김현지 이소정 이미희 박지원
제작　강신은 김동욱 임현식
제작처 영신사

펴낸곳　난다
출판등록 2016년 8월 25일 제406-2016-000108호
주소　10881 경기도 파주시 회동길 210
전자우편 nandatoogo@gmail.com
트위터 @blackinana 인스타그램 @nandaisart
문의전화 031)955-8865(편집) 031)955-2696(마케팅) | 팩스 031)955-8855
문학동네카페 http://cafe.naver.com/mhdn

ISBN 979-11-91859-04-1 (43810)